William
Shakespeare

新译 莎士比亚全集

MACBETH

【英】威廉·莎士比亚——著

傅光明——译

麦克白

天津出版传媒集团

天津人民出版社

图书在版编目(CIP)数据

麦克白 / (英) 威廉·莎士比亚著；傅光明译. --
天津：天津人民出版社, 2019.4(2021.10 重印)
(新译莎士比亚全集)
ISBN 978-7-201-14318-7

Ⅰ.①麦… Ⅱ.①威… ②傅… Ⅲ.①悲剧–剧本–
英国–中世纪 Ⅳ.①I561.33

中国版本图书馆 CIP 数据核字(2019)第 032771 号

麦克白
MAIKEBAI

出 版	天津人民出版社	
出 版 人	刘 庆	
地 址	天津市和平区西康路 35 号康岳大厦	
邮政编码	300051	
邮购电话	(022)23332469	
电子信箱	reader@tjrmcbs.com	

责任编辑	范 园
装帧设计	李佳惠 汤 磊

印 刷	河北鹏润印刷有限公司
经 销	新华书店
开 本	880 毫米×1230 毫米 1/32
印 张	7.875
插 页	5
字 数	164 千字
版次印次	2019 年 4 月第 1 版 2021 年 10 月第 2 次印刷
定 价	68.00 元

目　录

微信扫描二维码,加入读者圈,可获得以下服务:

1. 获取新译莎士比亚全本导读。

2.与译者、读者交流读莎翁心得体会。

3.获取更多周边视听资源。

剧情提要

平息了叛乱，从战场凯旋的麦克白和班柯，在返回位于弗里斯的苏格兰王宫途中，路过一处荒野，被突然出现的三个女巫吓了一跳。这三个身形瘦小、粗野怪异的女巫，先后以"格莱米斯伯爵""考德伯爵"和"未来的国王"三个称谓向麦克白祝福、致敬。在班柯的逼问下，三女巫继而预言，班柯虽没有麦克白"这样的福运，却比他有更多福运""尽管你当不成王，你的子孙却世代为王"。麦克白让三女巫把话讲得更明白，她们却消失不见了。

这时，国王特使罗斯带来国王的嘉奖和封赏，因麦克白"保卫王国居功至伟"，撤销即将处死的"考德伯爵"的尊号，转授麦克白。女巫的预言转瞬之间得到验证，这点燃了麦克白心中夺权的欲念，他要通过暴力成为"未来的国王"，实现女巫的全部预言。

麦克白夫人接到夫君密信，对三女巫的预言及灵验内情尽知。但她担心，麦克白的本性里缺乏与"野心相伴的阴毒邪恶"。她决心激起丈夫的勇气，帮他夺取王冠。

国王信使通报,"今晚国王御驾亲临"。这个消息一下子让麦克白夫人浑身充满"最恶毒的凶残"。在夫人的极力怂恿和无畏气质的感染下,麦克白决心除掉国王邓肯。

天刚蒙蒙亮,麦克德夫就来敲城堡的门。当他发现国王被谋杀,大惊失色。行刺现场显示,是两个侍卫杀了国王,因为"他们俩脸上、手上全是血;还在他们枕头上,找到两把带血的剑"。

邓肯的两个儿子玛尔康和弟弟唐纳本,怀疑父王被杀一定另有蹊跷,留在此地恐性命难保,于是不辞而别。玛尔康逃往英格兰,唐纳本逃到爱尔兰。

麦克白当上国王,"正式执掌王权"。他实现了自己的野心,却被三女巫对班柯后人将世代为王、统治苏格兰的预言搅得惊惶不安,他决定除掉班柯父子以绝后患。麦克白邀请班柯父子出席晚宴,然后命刺客埋伏在他们来城堡的必经之路,伺机杀掉他们。班柯被杀,班柯之子弗里安斯逃走。

玛尔康逃到英格兰以后,被国王爱德华待若上宾。麦克德夫拒绝执行麦克白的命令,为防不测,也逃到英格兰,并恳请爱德华出兵助战,征讨麦克白。而惊恐不已的麦克白决心去找三女巫。

麦克白来到一个洞穴,找到三女巫,非要她们把他的最后命运讲清楚。三女巫唤出三个幽灵。第一个幽灵警告他"当心麦克德夫,当心费辅伯爵"。第二个幽灵要他放开手脚"只管对人的力量轻蔑一笑,因为没有一个女人所生的孩子伤得了你"。第三个幽灵说:"若非有一天,伯南姆大森林的树林移动到邓斯纳恩的高山上来攻击你,你永远不会被征服。"

正在此时,麦克白得到麦克德夫已逃亡英格兰的禀告,他开始变得疯狂,下令突袭了麦克德夫在费辅的城堡,把麦克德夫妻儿老小及所有跟他沾亲带故的人全部杀光。

在英格兰王宫前,麦克德夫向玛尔康痛斥邪恶的暴君麦克白,力劝玛尔康继任苏格兰国王。但是,玛尔康误以为麦克德夫是麦克白派来的密探。最终,麦克德夫以自己"高贵的激情"赢得了玛尔康的信任。玛尔康向麦克德夫坦言,征讨麦克白的军队已经出发。

这时,麦克德夫得到消息,知道自己的城堡遭麦克白突袭,妻子、儿女都死得很惨,痛不欲生。玛尔康邀他一起并肩作战,征讨麦克白。

在伯南姆森林附近的乡野,玛尔康命令"每个士兵砍下一棵大树枝,举在自己眼前"。既可隐藏部队人数,也能导致敌军误判。

邓斯纳恩城堡,麦克白听到夫人的死讯,没有丝毫的悲伤。此时信使来报,"真有一座森林移到了邓斯纳恩"。

到了邓斯纳恩城堡前的平原,玛尔康命部队"扔下手中遮挡的树枝,露出你们的军人本色"。

决战时刻,麦克白先将小西华德斩于马下。麦克德夫杀到阵前。仇人相见,分外眼红,麦克白并不把麦克德夫放在眼里,他洋洋得意地说:"我有符咒护佑,命中注定但凡女人所生,没人伤得了我。"但他怎么也不会想到,麦克德夫掷地有声地答复他:"别指望什么符咒,让你一直侍奉的天使亲口告诉你:麦克德夫还没足月,就从娘肚子里剖出来了。"一听这话,麦克白吓得"丧失了男子汉的勇气"。此时此刻,他终于明白,是三女巫那"骗人的魔鬼""拿有双重意义的暧昧话"把他耍了。

麦克德夫枪尖上挑着麦克白的人头,来见大获全胜的玛尔康,并高呼:"万岁,苏格兰国王!"

在众人拥戴下,玛尔康成为苏格兰一代新君。

剧中人物

邓肯 苏格兰国王   King Duncan of Scotland

玛尔康 邓肯之子   Malcolm

唐纳本 邓肯之子   Donalbain

麦克白 苏格兰军队将军   Macbeth

班柯 苏格兰军队将军   Banquo

麦克德夫 苏格兰贵族   Macduff

伦诺克斯 苏格兰贵族   Lennox

罗斯 苏格兰贵族   Ross

蒙蒂斯 苏格兰贵族   Menteith

安格斯 苏格兰贵族   Angus

凯恩内斯 苏格兰贵族   Caithness

弗里安斯 班柯之子   Fleance

西华德 诺森伯兰伯爵   Siward, Earl of Northumberland

小西华德 诺森伯兰伯爵之子   Young Siward

西顿 麦克白的副官   Seyton, an officer attending on Macbeth

麦克德夫之子	Boy, son to Macduff
英格兰宫廷医生(御医)	Doctor, at the English court
一苏格兰医生	A Scots Doctor
苏格兰军中一队长	A Captain
一门房	A porter
一老人	An old Man
麦克白夫人	Lady Macbeth
麦克德夫夫人	Lady Macduff
麦克白夫人的侍女	Gentlewoman attending on Lady Macbeth
三女巫	Three Witches
赫卡特 女巫之王	Hecate, Queen of Witches

贵族、伯爵、侍从、仆人、持火炬者、士兵、刺客、鼓手、一信使、班柯的幽灵及其他幽灵等

地点

苏格兰、英格兰

麦克白

MACBETH

本书插图选自《莎士比亚戏剧集》(由查尔斯与玛丽·考登·克拉克编辑、注释,以喜剧、悲剧和历史剧三卷本形式,于 1868 年出版),插图画家为亨利·考特尼·塞卢斯,擅长描画历史服装、布景、武器和装饰,赋予莎剧一种强烈的即时性和在场感。

第一幕

第一场

荒　野

(雷电交加。三女巫上。)

女巫甲　　咱仨何时在电闪雷鸣

　　　　　或风雨交加中再相聚？

女巫乙　　待这场骚乱尘埃落定，

　　　　　待这场战争分出胜负。

女巫丙　　那日落前便可又重逢。

女巫甲　　相逢何处？

女巫乙　　荒野之上。

女巫丙　　那是麦克白必经之路。

女巫甲　　灰猫怪[①]，我来了。

女巫乙　　蟾蜍精在喊我。

──────────

　　① 原文为 Graymalkin，name of a grey cat. 灰猫，传说女巫行妖法时使唤的一种妖精或助手。Malkin 是 Mary 的昵称。在此，女巫甲使唤的是灰猫怪，女巫乙使唤蟾蜍精，女巫丙使唤怪鹰。

女巫丙　　这就来！

三女巫　　(合)美即丑来丑即美①，

　　　　　　毒雾浊气任穿行。(同下)

---

　　① 不分美丑，混淆黑白，是女巫的乐趣及价值标准。本剧的主旨之一便是颠倒
是非。

第二场

弗里斯①附近一军营

(内紧急军号。邓肯国王②、玛尔康、唐纳本、伦诺克斯及侍从等上,遇一浑身带血的队长。)

邓肯　　浑身带血的那人是谁? 瞧他那副惨样,一定能向我们报告叛军的最新动向。

玛尔康　这就是那位队长,真是一位忠勇之士,曾奋力帮我杀出重围,免遭叛军俘虏——(向队长)你好,勇敢的朋友! 把你离开两军阵时的战况向国王禀告。

队长　　战事胶着,难分胜负,好比两个筋疲力尽的游泳高手紧紧扭在一起, 各自的泳技都使不出

———————————

　　① 原文为 Forres,弗里斯,苏格兰国王王宫所在地,位于莫瑞峡湾(Moray Firth)南岸,离因弗内斯(Inverness)城 25 英里。
　　② 原文为 King Duncan,邓肯国王(以下简称邓肯)。在苏格兰历史上曾有过一位名为邓肯的国王,公元 1033—1039 年在位,当时苏格兰是一个独立的王国。

来,眼看着要同归于尽。那凶残的麦克唐纳倒真是当之无愧的一员叛将,因为,为了这场叛乱,他加倍繁殖本性中的所有邪恶, 又将其集于一身——他还从西方列岛①得到轻步兵和铁骑兵②的增援。连命运女神③也像一个叛军的娼妓,冲他搔首弄姿,对这该诅咒的叛乱发出媚笑。但所有这一切都徒劳无功,因为神勇的麦克白——他实在无愧于这姓氏——对命运女神不屑一顾,挥舞着他那明晃晃的宝剑,像勇猛的宠儿一样,杀得剑锋上的血腾起雾气,一路砍杀,一直杀到那恶棍④面前;既不跟他握手,也不同他话别,一剑就把他从肚脐眼到下颚豁开,割下他的首级,悬挂在我军的城垛上。

邓肯　　啊,勇武的兄弟⑤! 当之无愧的绅士⑥!

---

① 原文为 Western Isles,即位于苏格兰西部的赫布里底群岛(Hebrides),也可能包括爱尔兰。

② 原文为 Kerns,轻步兵,指携带轻武器装备的步兵。Gallowglasses,(手持长柄战斧的)铁骑兵。也可解作重装(手持长柄战斧)步兵。

③ 原文为 Fortune,因命运女神喜欢捉弄人的命运,常被比作朝秦暮楚的妓女。

④ 原文为 slave, villain. 恶棍,指麦克唐纳。也有的译作"奴才"。

⑤ 原文为 cousin,(用来称呼直系亲属以外的)任何男女亲戚。不一定指堂表兄弟,有时甚至可以指朋友。但在此,邓肯和麦克白的确是堂兄弟,他俩都是玛尔康二世的孙子。

⑥ 原文为 gentleman,绅士,是尊称。朱生豪译为"尊贵的壮士",梁实秋译为"可敬的人物"。

队 长　　正如摧毁船舶的暴风雨和令人惊恐的雷霆，总
　　　　是从旭日初升的东方①袭来，同样，从令人鼓舞
　　　　的消息似乎就要来临的源头，竟涌出令人沮丧
　　　　的不安。听啊，苏格兰王，您注意听：眼看正义
　　　　奋起神威，就要迫使这些反叛的轻装步兵仓皇
　　　　溃逃，挪威国王②见有机可乘，调集一批生力军，
　　　　挥舞着擦得锃亮的武器，又向我军发起新一轮
　　　　攻击。

邓 肯　　那我们的将军——麦克白和班柯还不因此惊慌
　　　　失措吗？

队 长　　是的，好比麻雀吓退苍鹰，或是野兔吓跑了狮子。
　　　　要让我说实话，我非这么说不可，他们俩活像两
　　　　门大炮，装满双倍的火药，更以加倍的神勇奋力
　　　　杀敌。看那劲头，不杀个遍体鳞伤、浴血疆场，或
　　　　是不再杀出一个令人难忘的骷髅地③，我简直无

---

　　① 以此代指自东而来的挪威入侵者。

　　② 原文为 Norwegian lord，i.e. Sweno. 挪威国王斯文诺。人物原型是历史上真实
的克努特大帝（Cunt Great，995—1035）之子、挪威国王斯韦恩·克努特松（Svein
Knutsson，1016—1035），1030—1035 年在位期间曾攻打苏格兰东海岸的 Fife（费
辅）。费辅位于弗里斯南部，相距 80 千米。

　　③ 原文为 Golgotha，各各他，原为希伯来文，意思是"骷髅地"，耶稣被钉十字架
的地方，据说位于今耶路撒冷城内的圣母礼拜堂附近。因此地与耶稣之死相关，后人
常用"各各他"或"骷髅地"泛指杀人场。《新约·马太福音》27:33："他们来到一个地
方，叫各各他，意思就是'骷髅地'。"《马可福音》15:22："他们把耶稣带到一个地方，
叫各各他，意思就是'骷髅地'。"《约翰福音》19:17："耶稣出来，背着自己的十字架，
到了'骷髅地'（希伯来话叫各各他）。"

法形容——可我要晕了,我的剑伤急需医治。

邓 肯　　你的描述和你的剑伤是如此相称:都显出荣耀

　　　　的风采。——带他去军医那儿。(侍从扶队长下)

(罗斯、安格斯上)

邓 肯　　谁来了?

玛尔康　　是尊贵的罗斯伯爵①。

伦诺克斯　他眼神显得多么急切!瞧这副神情,应是有什

　　　　么非常之事要禀报。

罗 斯　　上帝保佑国王!

邓 肯　　尊敬的伯爵,你从哪儿来?

罗 斯　　从费辅来,陛下。那儿的挪威旌旗挑衅着天空,

　　　　令我国人民胆寒心惊。挪威国王亲率数量惊人

　　　　的大军,又有那最不忠不义的反贼考德伯爵助

　　　　阵,发起一场惨烈的恶战,直到柏罗娜的新郎②

　　　　身披重甲,与他厮杀在一起,双方势均力敌,两

　　　　人剑尖交错,刀来剑往,这才把他的骄狂豪横

　　　　之气挫下去:最后,我们胜利了。

邓 肯　　莫大的幸运!

罗 斯　　为此,挪威国王斯文诺已向我方求和。我方责

---

　　① 原文为 Thane,古苏格兰贵族的称号,与伯爵相当。

　　② 原文为 Bellona,柏罗娜,罗马神话中的女战神,战神玛尔斯(Mars)之妻。柏
罗娜的新郎,即指麦克白,意思是麦克白之勇武堪与罗马战神玛尔斯比肩,可作女战
神的新郎。

令他在圣科姆岛①缴纳一万银圆②赔款,充入我国库,否则,便不许他下葬阵亡将士。

邓肯　　考德伯爵再不能骗取我的信任——去宣布立即将他处死,并把他的爵位转赠麦克白。

罗斯　　谨遵王命。

邓肯　　他所失去的,为高贵的麦克白所赢得③。(同下)

———————————

① 原文为 Saint Colme's Inch,圣科姆岛,即现在位于福斯湾的因奇科姆岛(Inchcolm)。在苏格兰盖尔语中,Inch 指"岛屿"。

② 原文为 dollars,银圆。1518 年,波西米亚才开始使用银圆。此为时代错误,不必较真。

③ 此句颇有反讽意味,因为麦克白的伯爵尊号是从以前的反贼考德那里得来,后来他又成了反贼。两个反贼在伯爵尊号上并无二致。

第三场

荒　野

（雷声轰鸣。三女巫上。）

女巫甲　　妹妹，你去哪儿了？

女巫乙　　杀猪。

女巫丙　　姐姐，你呢？

女巫甲　　有个水手的婆娘，怀里揣了一堆栗子，一个劲儿地嚼啊，嚼啊，嚼啊。我说："给我点儿吃。"那个下贱的大肥屁股婆娘①冲我喊："滚开，巫婆！"她爷们儿是"猛虎号"的船长，到阿勒颇去了②。我要乘一个筛子驶向那边③，就像一只没

---

① 在此有贪吃、女阴肥厚、淫荡放浪之意。

② 原文为 Aleppo，阿勒颇，叙利亚的一个城市，作为世界上最古老的定居城市之一，已有数千年的历史。始终是一个活跃、繁荣的商业中心。o'th'Tiger，"猛虎号"，是一艘真实的船，曾于 1583 年航行至阿勒颇。另据当年英国媒体报道，还曾有一艘船于 1604 年从英国出发，历经 568 天的航行，于 1606 年 6 月 27 日返回。这个天数与女巫所算的 99 个礼拜 693 天相差 125 天。

③ 传说女巫可以乘筛子或鸡蛋壳、海扇之类的物件在暴风雨中漂洋过海。

有尾巴的老鼠，我追，我追，我追①。

女巫乙　　　　我会助你一阵风②。

女巫甲　　　　多谢你盛情好意。

女巫丙　　　　我也助你一阵风。

女巫甲　　　　其余全归我来运作。

风吹向的每个港口，

水手罗盘指针方向，

全都在我尽数掌握。

要把他耗尽如干草③，

高挂他眼皮像棚屋④，

白天黑夜别想成眠。

整个人活像受诅咒，

99 个礼拜劳命苦累，

骨瘦如柴萎靡不振。

尽管不让他船沉没，

却少不了风雨飘摇——

看我手里拿的什么？

女巫乙　　　　给我看，给我看。

---

① 传说女巫常以害人伤畜取乐，能变幻兽形，却没有尾巴。"我追"在此或指追上去像老鼠一样咬破船底。

② 传说女巫有控制风的本领。

③ 女巫在此及下面几句，指的是要追上"猛虎号"，跟船长没日没夜地做爱，把他熬到油尽灯枯，不成人形。

④ 指把眼皮支起来，不让合眼，支起的眼皮像棚屋一样。

女巫甲　　　　一个水手的大拇指，

他的船在归途失事。(内鼓声)

女巫丙　　　　鼓声,鼓声——

麦克白来了。

三女巫　　　(合)命运三姐妹①,咱仨手拉手,(围一圈跳舞)

在海洋、陆地穿梭疾走,

让我们就这样转呀,转呀:

你转了三圈,我又转三圈,

再三圈,咱得一共转九圈②——

停,——魔咒马上就生效。

(麦克白与班柯上。)

麦克白　　　　这样阴晴不定、变化无常③的天气,我还从未

见过。

班柯　　　　　从这儿到弗里斯还有多远? 这是些什么,身形

如此瘦小枯干,衣着如此粗野怪异,不似世间

人,却又在凡尘,到底是什么东西? (向三女巫)你

们可是大活人? 是可以跟人交谈搭话的什么东

---

　　① 原文为 Weyard Sisters, 指靠巫术掌管或预见命运的三姐妹。

　　② 传说女巫转圈为施魔咒的一种仪式,每个舞跳三圈,三三见九,要转够九圈,
魔咒才生效。

　　③ 原文为 Foul and fair, 直译为:又阴又晴,意译为:变幻不定的,时而狂风暴雨
时而阳光明媚。此处与开头女巫所说 " 美即丑来丑即美"(Fair is foul, and foul is
fair.)和刚得胜不久的那场变幻不定的战局相呼应,显示麦克白似乎从一开始就落入
了三女巫所营造的世界。

西吗？你们好像懂我的意思,因为你们每人都是立刻把皲裂的手指按在干瘪的嘴唇上——你们应该是女人, 但你们的胡须①又不准我把你们当成那样的女人。

麦克白	假如你们能开口说话,告诉我,你们是什么人?
女巫甲	祝福,麦克白! 向您致敬,格莱米斯②伯爵!
女巫乙	祝福,麦克白! 向您致敬,考德伯爵!
女巫丙	祝福,麦克白! 向您致敬,未来的国王!
班柯	阁下为何突然一脸惊恐?怎么好像对这听着如此美妙的事儿怕得要命? (向三女巫)以真理的名义老实告诉我,你们到底是幻象,还的确只是外表显形的这样子? 你们以眼下的殊荣③和即将又晋新爵、继而称王④的巨大预言,向我高贵的同伴致敬,让他听得出神入迷——可你们却对我一言不发。假如你们有本事看透时间播撒的种子,说得出哪一粒能长,哪一粒不能长,不妨直言相告,我既不求你们施以恩惠,也不怕你们徒生歹意。
女巫甲	**致敬!**

---

① 民间传说女巫们都长着胡须。
② 原文为 Glamis,格莱米斯,苏格兰地名。
③ 指麦克白已获得格莱米斯伯爵头衔。
④ 指预言麦克白即将得到考德伯爵的尊号并将成为未来的苏格兰国王。

麦克白　假如你们能开口说话,告诉我,你们是什么人?
女巫甲　祝福,麦克白!向您致敬,格莱米斯伯爵!

女巫乙　　致敬！

女巫丙　　致敬！

女巫甲　　比麦克白小一些，又大一些。

女巫乙　　没有他这样的幸运，却比他更有福气。

女巫丙　　尽管你当不成王，你的子孙却世代为王。那么，
　　　　　致敬，麦克白和班柯！

女巫甲　　班柯和麦克白，致敬！

麦克白　　等一下，你们的话含糊不清，跟我说明白些：西
　　　　　纳尔①一过世，我就是格莱米斯伯爵，这个我明
　　　　　白；可我怎么会是考德伯爵呢？考德伯爵活得
　　　　　好好的②，是位很有势力的绅士，至于未来称
　　　　　王，这个预期就像说我是考德伯爵一样，丝毫
　　　　　不靠谱。说，你们这怪异的消息从何而来？为什
　　　　　么你们要在这该诅咒的凋敝荒野，用这种先知
　　　　　式的致敬挡住我们去路？说，我命令你们！(三女
　　　　　巫消失不见)

班　柯　　水里有气泡，地上也有，这些都是地上的气
　　　　　泡——她们消失到哪儿去了？

麦克白　　消失在空气里了，看似有形，却像呼出的气息，
　　　　　化为一缕清风飘然而逝——但愿她们还在
　　　　　这儿！

───────────────

① 麦克白的父亲。
② 此时，麦克白对考德伯爵协助挪威国王之事一无所知。

班柯　　　我们所说的这些怪物,真在这出现过吗？难道我们吃了什么令人抓狂的植物根茎,丧失了理智？

麦克白　　您的子孙将世代为王。

班柯　　　您将当国王。

麦克白　　也当考德伯爵——刚才不是这么说的吗？

班柯　　　千真万确,一字不差。——谁来了？

（罗斯、安格斯上。）

罗斯　　　麦克白,得到你获胜的消息,国王非常高兴。当他听说你在与叛军的交战中如何神勇地奋力拼杀,简直不知该表示敬畏①还是赞叹,这两种心绪也在跟他交战:他一时竟说不出话来。紧接着来报,就在同一天,你又杀入作战勇敢的挪威人阵中,他觉得你对自己一路杀戮出那么多血肉模糊的死亡惨象,没有哪怕一丝一毫的畏惧。信使像冰雹似的一个一个接踵而至,他们把对你保卫王国居功至伟的赞美,都倾倒在国王的御座前面。

安格斯　　我们奉王命代为转达敬意,来此只为迎接你去觐见国王,不是犒赏。

罗斯　　　另外,国王为保证向你授予更大的尊荣,命我

---

① 也有的将此解作"惊奇"。

称呼你考德伯爵——谨此致敬，最尊贵的伯爵！因为这一尊号属于你。

班柯　　怎么,魔鬼也能说出真理①?

麦克白　考德伯爵依然健在，你们怎么能把借来的袍子②给我穿?

安格斯　曾经的那个伯爵确实还活着，但他理应受死，现在正在重判之下苟延残喘。他到底是公然与挪威人结盟,还是私下协助、支持叛军,或是二罪归一,图谋颠覆王国,现在我还说不好,但据他亲口招供并经证实，他犯了叛国的死罪,他是作法自毙。

麦克白　(旁白)格莱米斯和考德伯爵,最大的尊荣有期可待。(向罗斯、安格斯)有劳二位了,多谢③。(向班柯旁白)你不希望你的子孙万代为王吗?那几个女巫在称我考德伯爵的时候,不是这么保证你的子孙万代为王吗?

班柯　　(向麦克白)那样的保证,要是全信,除了考德伯

---

① 此处,魔鬼即指三女巫。《新约·约翰福音》8:44:(耶稣说)"你们原是魔鬼的儿女……从不站在真理一边,因为他根本没有真理。他撒谎是出于本性;因为他本是撒谎者,也是一切虚谎的根源。"可简单意译为:魔鬼也能说准? 班柯意在提醒麦克白,魔鬼撒谎成性,女巫的话不可信。麦克白在第五幕第五场说:"我怕那三个女巫所说的似是而非的暧昧话,竟真会一语成谶。"即是由此怀疑魔鬼的谎言。

② 指伯爵所穿的礼袍。

③ 有可能麦克白在说此话时正给罗斯和安格斯两人赏钱。

爵,你还会再燃起问鼎王冠的欲念。可奇怪的是,魔鬼为把我们引向罪恶,经常先说出实情,拿一些无关紧要的小事设下圈套,等到后果极其严重的危急时刻再出卖我们。①(向罗斯、安格斯)二位,我有话跟你们说。

麦克白　　(旁白)两个预言都应验,这分明是那一幕即将上演的登基称王大戏的欢快序曲。(向罗斯、安格斯)多谢二位。(旁白)这一诡异神奇的劝诱,既不可能出于邪恶,也不可能出于良善:假如出于邪恶,为什么一上来就用一句灵验的预言,给我成功的保证呢?我现在已经是考德伯爵;假如出于良善, 为什么我稍一屈从那劝诱,脑子里的可怕景象②便立即使我毛发倒竖,平稳的心也一反常态地突突直跳,撞击着胸肋?可怕的想象总是比实际的恐惧更凶险:我心里闪过的谋杀欲念,还只不过是冥思玄想,却已

---

①《新约·哥林多后书》11:14:"其实这也不足为怪,连撒旦也会把自己化装成光明的天使!"另,《马太福音》4:1—10,《路加福音》4:1—12,描写的是耶稣"受魔鬼试探"。这里,原文是以"黑暗的工具"代指魔鬼,亦指魔鬼乃"黑暗王国的工具"。参见《新约·以弗所书》6:12:"因为我们不是对抗有血有肉的人,而是对天界的邪灵,就是这黑暗世代的执政者、掌权者,跟宇宙间邪恶的势力作战。"《歌罗西书》1:13:"他救我们脱离了黑暗的权势。"《彼得后书》2:4:"上帝并没有宽恕犯罪的天使,却把他们丢进地狱,囚禁在黑暗中,等候审判。"此处,班柯提醒麦克白要小心三女巫是魔鬼化装成的"光明的天使",天使也会犯罪。

②麦克白此时脑子里已清晰浮现出谋杀邓肯的可怕景象。

使我整个身心震颤不已，身心的功能都在这冥
思玄想中窒息，除了那虚无的想象，什么都不
存在了。

班　柯　　瞧，我的同伴想得多么心醉神迷。

麦克白　　(旁白)假如命运要我为王，也就是说，自有命运
为我加冕，不用我亲自动手。

班　柯　　新的尊荣加在他身上，好比我们穿了一件新衣
裳，只有穿习惯，才会觉得合身。

麦克白　　(旁白)要发生的，时间挡不住，最糟的日子终有
尽头。

班　柯　　尊贵的麦克白，我们已恭候多时。

麦克白　　请原谅——我这迟钝的脑子，忽然对一些遗忘
之事想出了神。二位先生，你们的辛劳我铭记
在心，自会每日开卷诵读①。我们现在去觐见国
王。(向班柯)想想刚才发生的事，过些时候，我
们彼此再把在这段时间深思熟虑的想法，坦
诚相告。

班　柯　　求之不得。

麦克白　　闲言少叙，到时再说——走吧，朋友们。(同下)

---

① 指将二位的辛劳记在辛苦簿上，每天都会在心里打开翻阅。

班柯　瞧,我的同伴想得多么心醉神迷。

第四场

弗里斯王宫中一室

(喇叭奏花腔。邓肯、玛尔康、唐纳本、伦诺克斯及侍从等上。)

邓肯　　考德处死了吗？派去监刑的人还没回来？

玛尔康　陛下，他还没有回来。但我刚听一个亲眼见考德被处死的人说，他对自己所犯的叛国罪供认不讳，追悔莫及，恳求陛下宽恕。还说他这一生从没像临死时这么体面：他像事先排演过怎么死似的，就那么毫不在乎地把最宝贵的生命如草芥一般抛弃。

邓肯　　世上没有一种法子能让你从一个人的脸上看透内心：我曾把他视为君子，绝对信任。

(麦克白、班柯、罗斯与安格斯上。)

邓肯　　啊，最可敬的兄弟！我的恩义浅薄之罪，刚才还重压在我心头。你所立战功是如此超前，哪怕飞得最迅疾的酬谢也追不上你。但愿你的功劳

少一些,那样我倒足可以恰如其分地给你所应
得的谢忱和酬劳!现在我只能这么说,你应得
到的酬谢远远超出我能给予的一切。

麦克白　为陛下尽忠效命,职责所在,这本身就是十足
的酬劳。接受我们的效劳,才是陛下的名分;我
们对于陛下和王国,就如同子女和臣仆,无论
做了什么保卫王国的事,不过只是应尽之责,
都是出于对陛下的爱戴和崇敬。①

邓肯　　欢迎来到这里:我已开始栽培你,将尽力使你
长得枝繁叶茂。②(向班柯)高贵的班柯,你立下的
战功丝毫不逊色,必须得到同样的认可。让我
拥抱你,把你搂在我的心上。(拥抱班柯)

班柯　　假如我能在陛下的心上生长,那收获也是陛
下的。

邓肯　　我丰饶的喜悦,盈满胸怀,难以自抑得要将这
欢笑在眼泪里躲藏——儿子们、各位王亲、各

---

　　① 参见《新约·路加福音》17:10:"当你们做完上帝吩咐的一切事,就说:'我们原是无用的仆人,我们所做不过尽了本分而已。'"

　　②《圣经》中,常把义人(正直之人)比为上帝栽培的大树。参见《旧约·耶利米书》12:2:"你栽种他们,他们就扎根,/ 并且长大,结实。"《旧约·诗篇》1:3:"他像移植溪水边的果树,/ 按季节结果子。"92:12—13:"正直之人要像棕树一样茂盛;/ 他们要像黎巴嫩的香柏树一样高大。他们像栽在耶和华圣殿里的树,/ 在我们上帝的庭院中茂盛。"

位伯爵以及诸位近臣①听命，我将立我的长子玛尔康为王位继承人，并封他为坎伯兰亲王②。这样的尊荣绝不只授予他一个人，随之而来的其他封赏，将像繁星一样，在每一位有功者的身上闪烁。(向麦克白)我们去因弗内斯③，我要继续让你尽责，殷勤款待我。

麦克白　若不为陛下效命，休息反倒成了苦役；我要亲自来当皇家使者④，把御驾亲临的消息告知我妻，也让她高兴一下。如此，请恕先行告辞。

邓　肯　我当之无愧的考德⑤！

麦克白　(旁白)坎伯兰亲王！这可是一个新的台阶，
　　　　若不想注定被绊倒，就必须跳过去，
　　　　它挡了我的去路。繁星，藏起光芒，
　　　　不要叫星光照亮我黑暗幽深的欲望。
　　　　手干的事眼要装瞎看不见；就这样，
　　　　去干眼怕见的事，干完也就不怕看。(下)

---

① 指与邓肯最近的亲戚及得到恩宠的贵族们。

② 原文为 Prince of Cumberland，坎伯兰亲王，即苏格兰王储的称号。坎伯兰现为英格兰的一个郡，在当时，则是苏格兰的封地，包括今天的威斯特摩兰(Westmorland)郡和斯特拉斯克莱德(Strathclyde)郡的一部分地区。

③ 因弗内斯，是麦克白的城堡所在地。

④ 原文为 harbinger, royal messenger. 皇家使者。也有的将此解作(负责为军队或王室一行打前站安排食宿的)先行官。

⑤ 这时的麦克白已被封为考德伯爵，此为邓肯对麦克白的由衷赞叹。

邓肯　　　(向班柯)尊敬的班柯,真的——他的确像你说的
那般神勇①;我听饱了人们对他的赞美,这对我
如同一席盛宴。他已回府准备迎接我们,我们
也动身吧。真是一位举世无双的好兄弟。(喇叭
奏花腔。众下)

———————————

① 在麦克白旁白的时候,邓肯和班柯一直在交谈,班柯向邓肯描述麦克白在战
场上如何神勇。

第五场

因弗内斯麦克白的城堡

(麦克白夫人读信上。)

麦克白夫人 (读)"胜利的那一天她们①遇到我：根据最确切的消息，我已对她们超凡的神智灵通有所了解。当我燃起欲念，想再追问几句，她们已化入风中消失不见。正在我为之惊奇、出神冥想的时候，国王派的使者②到了，一见面他俩都称呼我'考德伯爵'，并向我致敬；可在此之前，这几个预知命运的姐妹就已先向我以'考德伯爵'的尊号致敬，她们还提到我的将来，说：'向您致敬，未来的国王！'我想最好还是先把这件事告诉你——我最亲爱的分享尊荣的伴侣，免得你对注定将要享有

---

① "她们"，指三女巫。
② 国王派的使者，指罗斯和安格斯。

的尊荣一无所知，而失去所应得到的快慰。此事谨记在心①，再会。"你已是格莱米斯，也会是考德，还将达到那预言保证的显位。可我却为你的天性担忧,你天性中有太多普通人性的弱点，以至于你不敢直取捷径、一击致命。你想身居高位，也并非没有野心,但你缺乏必须与野心相伴的阴毒邪恶。你雄心勃勃想要的东西，偏要以圣洁的方法去获得:你既不想耍奸弄诈,却又想非分得到。伟大的格莱米斯,那是你想要的东西②,它在冲你喊:"假如你想得到,必须如此这般。"③你只是怕做这件事,并非真心不愿做。赶快回来吧，我好把我的情感性灵倾入你的耳中，好用我舌尖上的勇气痛斥④阻碍你得到皇冠的一切,命运和超自然的神力似乎都要助你一臂之力,帮你把皇冠戴在头顶。

(一信使上。)

麦克白夫人　你带了什么消息?

信使　　　今晚国王将御驾亲临此地。

---

① 麦克白让夫人保守秘密。
② 指攫取皇冠。
③ 指谋杀邓肯。
④ 原文为 Chastise, rebuke; purify; drive away. 责骂;净化;驱除。

麦克白夫人　你在说疯话①。主人不是跟他在一起吗？既是国王要来，他该通知我们早做准备。

信　使　　　禀夫人，的确如此——我们的伯爵说话就到：是我一个同伴骑马快跑在他前面，骑得上气不接下气，好不容易才把消息告诉我。

麦克白夫人　好好招待他，他带来了重大消息。(信使下)乌鸦以嘶哑的嗓音呱呱叫着，聒噪出邓肯要来我城堡送死的消息②。来吧，你们这几个激起杀机的魔鬼！解除我身上女性的柔弱，让我从头顶到脚指尖儿都充满最恶毒的凶残！把我血液变浓稠，阻止怜悯流进心头，别让天性良心的刺痛动摇我残忍的意志，别让我在结果和意图之间犹疑不决！你们这几个帮凶的魔鬼，无论隐身何方，静待着人类的罪恶，都到我的胸乳来，把奶水吸吮成胆汁吧③！来，漆黑一团的暗夜，用地狱里最黑暗的烟雾把你遮盖，好让我锋利的刀连它自己切开的创口都瞧不见，好让上天也不能透过天幕

---

　　① 麦克白夫人脑子里正盘算如何谋杀邓肯，没想到他将会主动上门送死，她对这一消息惊讶得难以置信，以为信使说的是疯话。

　　② 乌鸦被认为是以不祥的叫声预示或送达死亡消息的使者。

　　③ 麦克白夫人担心魔鬼(三女巫)变得胆小，隐形躲藏，要让她们喝她的奶水壮胆。

的黑幔瞥一眼,高喊:"住手,住手!"

(麦克白上。)

麦克白夫人　伟大的格莱米斯!尊贵的考德!比这两个更伟大的,按女巫所说"致敬,未来的国王"!你的来信令我欣喜若狂,已使我飞越现在的茫然无知,此时此刻,我感觉未来就在眼前。

麦克白　我最亲的爱人,今晚邓肯要来这儿。

麦克白夫人　什么时候离开?

麦克白　他打算明天就走。

麦克白夫人　啊!那么他休想再见到明天的太阳!我的伯爵,你的脸活像一本书,甭管谁一看,都能知道上面有什么神秘的事——为骗过世人,你的表情要恰如其分:从你的眼里、手上、舌尖,流露出好客的殷勤,得让人瞧着你像一朵纯洁的花,可你实际上是一条藏在花底下的毒蛇。我们一定要好好款待这位贵客,今晚的大事都交我来办,此事一经得手①,我们即可在以后所有的日日夜夜, 君临天下,尽享王权的统治。

麦克白　一会儿再说。

---

① 指谋杀邓肯之事。

麦克白夫人　　　一脸神情只需泰然自若；

若有变色便会露出恐惧。

一切包在我身上。(同下)

第六场

因弗内斯麦克白的城堡前

（双簧管吹奏者①和手持火炬者前导。邓肯、玛尔康、唐纳本、班柯、伦诺克斯、麦克德夫、罗斯、安格斯及侍从等上。）

邓 肯　　这座城堡位置极佳：清风送爽，吹得我们十分惬意。

班 柯　　那在庙堂筑巢的燕子——这夏天的宾客，足以证明这儿的空气透着诱人的馨香，燕子最爱在这样的地方筑巢：不管檐头梁间、柱楣壁饰，还是拱壁撑木，凡是燕子觉得方便的地方，都会在那儿悬起吊床和繁殖雏燕的摇篮。据我观察，燕子最喜欢在哪儿筑巢、栖息，哪儿的空气便舒爽怡人。②

---

① 原文为 Hautboy，早期的双簧管，也译作"木箫"。

② 参见《旧约·诗篇》84：1—3："上帝——万军的统帅啊，／我多么爱慕你的居所！／我多么渴慕你的殿宇；／我用整个身心向永生的上帝欢呼歌唱。／上帝——万军的统帅——我的王，我的上帝啊，／在你的祭坛边，／连麻雀也为自己筑巢，／燕子找到了安置雏燕的窝。"

（麦克白夫人上。）

邓肯　　　　瞧，瞧，我们尊贵的女主人！追随着我们的盛
　　　　　　情厚爱，有时反而成了我们的麻烦，但我们
　　　　　　还是要把它当好意来感谢。在这儿，我倒可
　　　　　　以教你如何祈祷上帝，叫我们答谢你的辛
　　　　　　劳，并感谢我们给你添麻烦。

麦克白夫人　犬马之劳，何足挂齿，我们哪怕加倍效劳，加
　　　　　　倍再加倍，也不足以报答陛下的深恩厚泽：
　　　　　　为报答陛下以前颁赏的荣耀和最新封赐的
　　　　　　尊贵，我们会一如既往地为您祈祷求福。

邓肯　　　　考德伯爵在哪儿？我们本想赶过他，来打前
　　　　　　站，好为他设宴接风，不想他骑术精湛，加
　　　　　　之诚心可鉴，像马刺一样锋利，还是他先
　　　　　　到一步。高贵富丽的女主人，今晚我是你
　　　　　　的宾客。

麦克白夫人　陛下只管吩咐，您的臣仆，随时准备用他们
　　　　　　自身、他们的家人、他们的一切，把本来属于
　　　　　　您的再还给您。①

邓肯　　　　把你的手给我，领我去见我的主人：我非常

---

　　① 参见《旧约·历代志上》29:14—16："我的人民和我实在不能献给你什么；因
为万物都是你所赐的，我们不过是把属于你的东西还给你罢了……这一切都是从你
那儿来的，也都是属于你的。"

爱他，还会继续给他恩宠。女主人，请允许
我。①_(同下)

---

① 原文为 By your leave，(国王礼节性的客套话)请允许我。退场时，国王手挽
麦克白夫人的手臂进入城堡。

第七场

因弗内斯麦克白的城堡中一室

(双簧管吹奏者和手持火炬者前导。一领班侍者及若干侍从手持盘碟等餐具走台。麦克白上。)

麦克白　　假如这事一经得手——真能尘埃落定，那还是干得越快越好①；假如这暗杀能制止发生后患，得手便能抓住好运；假如手起刀落只这么一下，便可以终结一切的一切——何况人生苦短，不过时间海洋的一个岸边、一处浅滩——那就不惜冒死一试。②可在这种事上，我们往往在活着的时候就得接受审判，因此，我们只用血的事实教训别人，结果自己反遭杀身之祸；这一公平的报应，最终会把我们下过毒的

---

　　① 参见《新约·约翰福音》13:27:耶稣对犹大说:"你要做的,快点去做吧！"
　　② 对这句话,梁实秋曾注解:"此句大意是:暗杀之事如能一举成功,则虽死后遭受天谴,亦所不惜。所虑者,在生时即将有报应耳。"

杯子①送回我们自己的唇边。他来这儿，是基于对我的双重信任：第一，我对他既是亲戚，又是臣下，有这两个牢固的名分，绝不能干这事；第二，我是他的东道主人，理应严防窜入刺客，怎么能亲自操刀行刺？况且，这邓肯宅心仁厚，一国之君，强权在握，却十分谦恭，操持国体，也十分廉洁，要是杀了他，他的这些美德将像天使一样，吹响号角②，抗议这一该下地狱的弑君重恶；而悲悯，也会像一个在风雨中跨马而行的裸体的新生婴儿，或像骑着无形天马凭空御风的天使③，要把这骇人听闻的罪恶行径吹进每一个人的眼中，让那流淌的泪水淹没狂风④——我没有刺痛我欲念

---

① 杯子，也有解作"圣餐杯"，以此显示麦克白心里清楚，他将要谋杀邓肯的行为，是"不圣洁"的罪恶。

② 在《圣经·新约》中常提及天使吹响号角。参见《启示录》8：2—6："我看见站在上帝面前的七个天使，他们接受了七只号角。……那七个拿着七只号角的天使准备吹响。"《马太福音》24：31："号角的声音要大，他要差遣天使到天涯海角，从世界的这一头到那一头，召集他所拣选的子民。"

③《圣经》中的基路伯天使。参见《旧约·创世记》3：24："上帝赶走那人以后，在伊甸园东边安排了基路伯（天使）。"《诗篇》18：10："他骑着基路伯（天使）飞行；/ 他藉着风的翅膀急速风驰。"《撒母耳记下》22：11："他骑着基路伯飞行；/ 他在风的翅膀上显现。"

④ 此处，麦克白以新生婴儿和天使比喻，他将要施行的谋杀行为是多么罪恶滔天，而邓肯一旦被杀，又会多么令人同情。因为，连刚呱呱坠地、惹人怜爱、急需呵护的新生婴儿都会"在风雨中跨马而行"，连最富同情心的长有婴儿面孔和翅膀的天使，都会"骑着隐形天马凭空御风"，把他的罪恶"吹进"世人的眼中，以至于人们因同情落下的眼泪，会将狂风淹没。

的踢马刺①，只有跨上马鞍纵马一跃的勃勃
野心，野心太大，马跳得过高，反而会被障碍
物绊倒，摔到另一边去。②

（麦克白夫人上。）

麦克白　　　　怎么样？有什么消息？

麦克白夫人　　他快吃完晚饭了。你怎么从大厅跑了出来？

麦克白　　　　他问起我了？

麦克白夫人　　你不知道？

麦克白　　　　这件事到此为止吧：他最近刚给我尊荣，我
　　　　　　　也从各种人的嘴里赢得极好的赞誉，这时，
　　　　　　　正该穿上这光鲜的新衣③，别这么快就把它
　　　　　　　丢在一边。

麦克白夫人　　难道你的勃勃雄心在这光鲜的穿戴里喝醉？
　　　　　　　难道它一直酒醉大睡，现在一觉醒来，突然
　　　　　　　想起醉饮前大胆妄想的举动，吓得脸色苍
　　　　　　　白毫无血色？瞧你这雄心，一喝醉就有，酒
　　　　　　　一醒就变，我算掂量出你有多爱我。你现
　　　　　　　在怕的是让自己在行为和勇气上，跟你的欲

---

　　① 麦克白把自己谋杀的欲念比喻为一匹马。

　　② 麦克白在此以骑马跨越障碍物比喻谋杀邓肯，因为跨越障碍物的马，需要骑手用踢马刺刺痛马，刺激马的跨越力；如果骑手没有踢马刺，势必要让马跳得更高，结果马反而可能会绊在障碍物上，把骑手摔到障碍物的另一边去。换言之，麦克白预感到谋杀邓肯可能会让自己"绊在障碍物上"，但勃勃野心又让他豁出去冒险一跳。

　　③ 麦克白把从国王那儿获得的尊荣和从人们那里赢得的赞誉比为新衣。

望所求①一致吗？你是不是既想得到那至尊无上的人生装饰品②,却又自甘做一个懦夫？活像谚语里说的那只可怜的猫③, 让"我不敢"永远尾随在"我想要"的屁股后面。

麦克白　　　　请你别说了。身为一个大丈夫,我无所不敢为④:天底下还没有哪个男人比我更敢为。

麦克白夫人　　那是哪个人面兽心的家伙叫你把这事透露给我的？什么时候你敢做这事,你就算是大丈夫；要是你能使自己不单只是一个大丈夫,你就更是男人中的伟丈夫。那时候,没有天时地利,你却老惦记着创造时机;可眼下,天赐大好良机,你却丧失了能力⑤。我给婴儿喂过奶,知道一个母亲对吸吮她乳汁的婴儿多么怜爱,但假如我像你一样,曾就此事⑥发过毒誓,那我也会在婴儿对我绽开微笑的

----

① 原文为 act and desire, 行为和欲望。麦克白夫人或以麦克白平时在性行为上的行为与欲望相一致,再度激起麦克白谋杀邓肯的决心。

② 麦克白夫人故意此处以"至尊无上的人生装饰品"代指戴在国王头上的皇冠。

③ 古谚语：猫要吃鱼怕湿脚 (The cat would eat fish, and she will not wet her feet.)。指做事瞻前顾后,畏首畏尾,犹豫不决。

④ 有编本以为麦克白在此暗示自己有强大的性能力,意为"是男人能干的事儿我都敢干"。

⑤ 有编本以为麦克白夫人在此呼应麦克白的上一句,意为"该干事儿的时候你没有能力了"。或许这两处有此潜在的意味。

⑥ 指计划谋杀邓肯这件事。

时候,把我的乳头从他还没长牙的牙龈下拔出来,把他的脑浆子摔出来。①

麦克白　　要是失败了呢?

麦克白夫人　　失败?只要你把勇气那根弦绷紧,就绝不会失败。等邓肯睡熟——车马劳顿,辛苦一天,他会很快睡熟,我带上酒去找他那两个寝宫侍卫,痛饮一番,把他俩灌醉,我要把他俩的记忆,也就是脑子的看守,灌成一团蒸汽;要把他俩理智的容器,灌成一具酒气熏天的蒸馏器。②等他俩烂醉如泥,睡得跟死猪一样,那毫无防卫的邓肯还不任由你我摆布吗?到那时,我们把这重大谋杀往那两个像海绵一样泡在酒里的侍卫身上一推,不就万事大吉?

麦克白　　只生男孩儿吧,凭你这无畏的气质③,只该铸

---

① 参加《旧约·诗篇》137:9:"抓起你的婴儿,把他们摔在石头上的人/他是那么有福啊!"

② 中世纪时,人们普遍认为人脑按上下分为"想象""理智""记忆"三室。麦克白夫人用制烧酒的方法比喻酒乱人心智的程度,酒醉之人,"记忆"会化为制酒过程中产生的蒸汽,大脑中间"理智的容器"也会化成一具蒸馏器。因"记忆"最下,靠近脊髓,为脑入门处,故有"脑子的看守"之说。

③ 原文为 Undaunted mettle, fearless. 无畏的,大胆的。Mettle 单作"气质"解,因其发音与"metal"(金属)容易含混,或与下一句中的"males"(好汉)双关。或还有一层含义,即麦克白向夫人表示,自己这个像金属一样"刚硬的好汉"也是被夫人"铸造"出来的。

造刚硬的好汉。到时把血涂在他自己那两个
睡死过去的寝宫侍卫身上，而且行刺就用他
们的短剑①，会有谁不信这事是他们干的？

麦克白夫人　我们再抚尸号啕恸哭，一见这悲伤的样子，
　　　　　　谁敢不信？

麦克白　　　我意已决，我要绷紧全身每一根神经，去干
　　　　　　这一件惊天之举。

　　　　　　　　去吧，用最美的外表骗过世人②；

　　　　　　　　内心奸诈须用虚伪假面来藏隐。(同下)

---

　　① 侍卫随身佩带适合决斗用的短剑，并非今天所说的匕首。

　　② 在前面的第五场中，麦克白夫人曾建议麦克白"为骗过世人，你的表情得合
时宜"。

第二幕

第一场

因弗内斯城堡庭院

(班柯与弗里安斯上,一侍从手持火炬前行。)

班柯　　　　孩子,夜到几时了?

弗里安斯　　月落了,我还没听到钟声。

班柯　　　　月一落就十二点了。

弗里安斯　　我想已经过了十二点了,父亲。

班柯　　　　等一下,拿着我的剑。(递剑)天上节俭度日,
　　　　　　没有一点星光。①这个也替我拿着。(递斗篷、钻
　　　　　　石②)——浓浓的困倦像铅一样重压着我全
　　　　　　身, 可我一点儿也不想睡——仁慈的神灵
　　　　　　啊! 抑制住那野心的梦魇③,叫我安然入眠

---

① 原文为 Their candles, i.e. God's stars. 上帝的星辰,即夜空的繁星。直译为:
把所有的火烛都熄灭了。

② 此处舞台提示的钻石,指班柯先让儿子替他拿着国王赏给麦克白夫人的钻石。

③ 班柯在此祈祷神灵,要将麦克白野心抑制住,他担心麦克白受了三女巫的劝
诱,可能会做出罪恶之事。只有这样,他才能睡得安稳。

吧！

（麦克白及一侍从持火炬上。）

班　柯　　把剑给我。(拿剑)——谁在那儿?

麦克白　　一个朋友。

班　柯　　怎么,阁下,还没安歇? 国王已经睡了:他今天
　　　　　特别高兴，派人给你家仆人房赏去一大堆好
　　　　　东西。他称尊夫人是最殷勤好客的女主人,这
　　　　　颗钻石是送给她的。(递钻石)他这一天过得心
　　　　　满意足。

麦克白　　毫无准备,勉力而为,难免招待不周,原本可以
　　　　　更讲究一些。

班　柯　　一切都很好。昨夜我梦到那三个女巫:她们对
　　　　　你所说,有的已经应验。

麦克白　　我可不想她们。不过,假如你愿意,等我一有时
　　　　　间,咱们不妨聊聊那事。

班　柯　　随时恭候。

麦克白　　假如你与我同心——到时候,自有尊荣可享。

班　柯　　假如只是让我为求尊荣而不失尊荣,并能长葆
　　　　　我心胸坦荡、忠贞清白,愿闻其详。

麦克白　　睡个好觉吧!

班　柯　　多谢,阁下。你也睡个好觉!(班柯、弗里安斯及持火
　　　　　炬者同下)

麦克白　　去跟夫人说,睡前酒①准备好了,就敲一下钟。你去睡吧。(侍从下)——在我眼前摇晃的,不是一把短剑吗?剑柄正对着我的手。来,让我抓住你——我抓不到你,却总能看见你。不祥的幻影,难道你是一件只可感知却摸不到的东西?或者,你不过是想象中的一把短剑,是从狂热的大脑里形成的虚妄的造物?但我仍能看见你,那形状就像我现在拔出的这把短剑一样清晰。(拔出短剑)是你引我走向现在的路,原来我竟是要用这样一件利器。其他感官已在戏弄我这双眼睛,莫非因为我的双眼比其他所有感官更可靠?我依然能看见你,你的剑锋和剑柄上滴着血,刚才还不这样——根本就没有这么个东西;那形状只是血腥的谋杀在我眼前弄出来的。此时此刻,在我们这半个世界,一切的生灵似乎都死寂无声,邪恶的梦魇扰乱着床幔里②的睡眠;女巫施妖法,向苍白的赫卡特③献祭;面容憔悴的凶手听到他的卫兵,替他守夜的

---

　　① 特指临睡之前所饮的一种热牛奶甜酒,有助于睡眠。

　　② 原文为 curtain'd,床幔。此处似有两层含义,一是指眠者的眼皮被梦魇扰乱,难以安然成眠;二是指在床幔里睡觉的人们,如果脑子里有了邪恶,便无法安然入睡。

　　③ 原文为 Hecate,旧译赫卡忒,希腊神话中的女神,具有三重身份:在天为月神;在地则是童贞的狩猎女神;在冥界又是主管地狱和巫术妖法的女神。一般对她的献祭在岔路口进行,祭品多为狗、蜂蜜和小黑绵羊之类。

苍狼用狼嚎发出的信号，便迈开塔昆①意图强奸时的大步，鬼鬼祟祟像个幽灵似的，一步一步接近他的目标——你这坚固的大地②，不要从我的脚步声听出方向，因为我怕连路上的小石子都会泄露我的行踪，③从而打破正该此时才有的令人惊恐的死寂——此时，我已对他发出死亡的威胁，他却安然地活着：言语对于当务之急的要紧事，不过呼出的一口冷气而已。(一声钟鸣)我去，就这么干：钟声在召唤。

不要听它，邓肯，这是丧钟在鸣响，

要么唤你下地狱，要么唤你上天堂。(下)

---

① 原文为 Tarquin，即赛克斯图斯·塔昆(Sextus Tarquinius)，古罗马王政时代最后一代(第七代)君王卢修斯·塔昆(Lucius Tarquinius，前535—前509年在位)之子，史称"骄傲的塔昆之子"，曾于深夜强奸了同族人的妻子鲁克丽丝(Lucrece)，加之国王的暴政，引发革命，导致罗马王朝被推翻。莎士比亚的长诗《鲁克丽丝受辱记》(*The Rape of Lucrece*)(也译作《鲁克丽丝失贞记》或《鲁克丽丝被强奸》)，即由此改写。

② 《旧约·诗篇》93：1："上帝掌权，他以威严为衣；/ 上帝以能力为腰带。/ 大地坚固，不能动摇。"

③ 此处的拟人化描写或源于《圣经》，参见《新约·路加福音》19：40："耶稣回答：'你们要是不开口，这些石头也会呼喊起来。'"

第二场

因弗内斯城堡庭院

(麦克白夫人上。)

麦克白夫人　酒把他们①灌醉,却壮起我的胆;浇灭了他们的火种,却把我的心火点燃。听!别出声!这是报送死讯的更夫——猫头鹰的尖叫②,它送来一声最凄厉的晚安——他要动手了。门敞开着,那两个酒足饭饱的奴仆在以鼾声玩忽职守:我在给他们的乳酒③里下了毒,他们在生死线上挣扎,不知是死是活。

麦克白　　　　(在内①)谁在那？喂，喂！

麦克白夫人　哎哟！我是怕这事还没办，他们俩就醒过来——行刺不成，给弄个谋杀未遂，那可把我们毁了。听！我把他们的短剑都放好了，他不会看不见——若不是看他睡觉的样子活像我父亲，我早就自己动手——我丈夫？②

(麦克白上。)

麦克白　　　　我干完了。你没听见什么声音吗？

麦克白夫人　我听见猫头鹰的尖叫，还听见蟋蟀的嘟嘟声。你没说话吗？

麦克白　　　　什么时候？

麦克白夫人　刚才。

麦克白　　　　在我下来的时候？

麦克白夫人　对呀。

麦克白　　　　听——隔壁睡的是谁？

麦克白夫人　唐纳本。

麦克白　　　　(注视双手)好一副惨样。

麦克白夫人　别犯傻，有什么惨的？

麦克白　　　　有个人在梦里大笑，还有个人高喊："谋杀！"两人都惊醒了。我站住，听他们……他们只是嘴里念念有词祈祷一番，又倒头接着睡。

---

① 此时，麦克白和夫人只是互闻其声，彼此见不到人。
② 此时，麦克白夫人看见了自己的丈夫。

麦克白夫人　哎哟！我是怕这事还没办，他们俩就醒过来。

麦克白夫人　有一间屋睡了两个人①。

麦克白　一个喊完了"上帝保佑我们"！另一个喊"阿门"！好像他们看见了我这刽子手②血淋淋的双手。我能听出他们的惊恐。当他们说"上帝保佑我们"！我的"阿门"③却怎么也说不出口。

麦克白夫人　别那么当真。

麦克白　可我的"阿门"怎么就说不出口呢？我才最需要上帝保佑，但"阿门"这两个字却如鲠在喉。

麦克白夫人　我们干的事，哪能这么想？真要这么想，非发疯不可。

麦克白　我好像听到一声喊"别再睡了，麦克白谋杀了睡眠——那是清白无辜的睡眠，是把纷乱如丝的忧虑编织起来的睡眠，那是每一天生命的死亡，是抚慰繁重劳苦的沐浴，是疗救受伤心灵的药膏，是大自然最丰盛的菜肴④，是生命筵席上首屈一指的滋养"——

麦克白夫人　你这话什么意思？

---

　　① 指邓肯的两个儿子玛尔康和唐纳本。

　　② 原文为 hangman，刽子手，这里专指绞刑吏，即执行绞刑的刽子手。当时，刽子手在执行绞刑以后，有时会取出死者的内脏，手自然鲜血淋漓。

　　③ 原文为 Amen，(希伯来语)阿门，为基督徒祈祷时的结束语，意为 Let it be so.(但愿如此)。麦克白担心他说不出"阿门"，意味着上帝因他谋杀邓肯而不再祝福他了。

　　④ 原文为 second course，直译为：第二道菜肴。即指最丰盛的菜。

麦克白　　　整个屋子都是那声音,还在喊"别再睡了",
　　　　　　"格莱米斯谋杀了睡眠,这下考德睡不成
　　　　　　了——麦克白再也睡不成了"!

麦克白夫人　这是谁喊的?唉,可敬的伯爵,你高贵的力量
　　　　　　泄了劲儿,怎么满脑子净是这些胡思乱想的
　　　　　　怪念头——去弄点儿水,把手上的血污洗干
　　　　　　净——两把剑你怎么都拿这儿来了?千万要
　　　　　　放回原处:把剑搁回去,给那两个酣睡的侍
　　　　　　卫涂上血。

麦克白　　　说什么我也不去了。一想我干的事都怕,更
　　　　　　不敢再去看。

麦克白夫人　意志不坚定!给我剑。(拿剑)睡着的人和死人
　　　　　　都不过像画一样:只有小孩儿的眼睛才怕看
　　　　　　画里的魔鬼。①要是他还流血,我就把血在那
　　　　　　两个侍卫脸上镀一层金,我必须要让人们目
　　　　　　睹他们的罪恶②。(下)

(内敲门声。)

麦克白　　　哪儿来的敲门声?我究竟怎么了,一有声音
　　　　　　就吓得够呛?这是什么手?啊!它们要挖出

---

　　① 指涂上血污的侍卫不过一幅画。
　　② 原文为"gild"(镀金)与"guilt"(罪恶)在此构成谐音双关,即对于麦克白夫人,
一方面,"罪恶"像"镀金"一样任意涂抹;另一方面,"镀金"就是"罪恶"。

麦克白　　　说什么我也不去了。一想我干的事都怕，更不敢再去看。

麦克白夫人　意志不坚定！给我剑。

　　　　　　　我的眼睛。①伟大的尼普顿②所有的海水,能
　　　　　　　洗净我这手上的血污吗?③不能,倒是我这满
　　　　　　　手的血污会把浩瀚无垠的大海染红,使碧波
　　　　　　　变成血浪。

(麦克白夫人重上。)

麦克白夫人　我这双手已跟你的颜色一样,可我却羞于有
　　　　　　　一颗像你那样毫无血色的心。(内敲门声)我听
　　　　　　　见有敲门的声音。我们回房吧。用一点儿水
　　　　　　　就能把这事洗清:如此轻而易举! 你的坚定
　　　　　　　已把你抛弃。(内敲门声)听! 又敲了。穿上睡
　　　　　　　衣, 免得有人找我们, 会看出我们还没
　　　　　　　睡——别这么像丢了魂似的有气无力。

麦克白　　　我清楚自己干的事,但最好我已不认识自己。④
　　　　　　　(内敲门声)你⑤有本事就把邓肯敲醒! 但愿你
　　　　　　　能!(同下)

---

　　① 参见《新约·马太福音》5:29:"假如你的右眼使你犯罪,把它挖出来,扔掉! 损
失身体的一部分比整个身体陷入地狱要好得多。" 18:9:"如果你的一只眼睛使你犯
罪,把它挖出来,扔掉! 只有一只眼睛而得到永恒的生命,比双眼齐全被扔进地狱的
火里好多了。"《马可福音》9:47:"如果你的一只眼睛使你犯罪,把它挖出来,扔掉!缺
了一只眼睛而进入上帝国,比双眼齐全给扔进地狱里好多了。"

　　② 原文为 Neptune, 尼普顿,罗马神话中的海神。

　　③ 参见《新约·马太福音》27:24:彼拉多见犹太人不肯释放耶稣,"就拿水在群
众面前洗手,说:'流这个人的血,罪不在我,你们自己承担吧!'"

　　④ 麦克白内心在反省自己干的事(谋杀),希望并不认识以前干了这个事的自
己,忘了自己就可能永不回头。麦克白为让自己心安,唯有自欺欺人。

　　⑤ 这里的"你"指的是敲门声。

第三场

因弗内斯城堡庭院

(内敲门声。一门房上。)

门房　真有人敲门！一个人要是给地狱看门,那门钥匙就老得转个不停。^①——(内敲门声)敲,敲,敲！我以魔王贝尔齐巴布^②的名义问一声——是谁?八成是一个因五谷丰收上吊自杀的农夫。^③来得正

---

① 门房被敲门声惊醒,心里烦,遂以地狱之门看守自居,暗指敲门者为地狱里的阴魂。因入地狱者多。

② 原文为 Belzebub,贝尔齐巴布,本义为"苍蝇之王",地位仅次于撒旦的魔王,在《新约》中被视为鬼王。参见《新约·马太福音》12:24—27:一天,耶稣治愈了一个被鬼附身、又瞎又哑的人,群众惊奇,法利赛人却说:"他会赶鬼,无非是依仗鬼王贝尔齐巴布罢了。"耶稣说:"如果我赶鬼是依靠贝尔齐巴布,那么,你们的子弟赶鬼,又是依仗谁呢?"10:25:"如果一家的主人被当作鬼王贝尔齐巴布,家里其他人岂不要受更大凌辱吗?"《马可福音》3:22:"有些从耶路撒冷下来的经学教师说:'他被贝尔齐巴布附身!他是依仗鬼王赶鬼的!'"《路加福音》11:15—19:耶稣赶走了一个哑巴鬼,群众都很惊讶,有人却说:"他是依仗着鬼王贝尔齐巴布赶鬼的。耶稣回答:"你们说我赶鬼是依仗贝尔齐巴布,果然这样的话,你们的子弟赶鬼,又是依仗谁呢?"

③ 有注释家以为,当时常有农夫囤积粮食,待粮价走高再出售,但 1606 年,粮食丰收,谷价暴跌,有农夫自缢身亡。也有注释家意见相反,以为是农夫长久期盼不到粮食丰收,挨不过荒年而绝望自杀。如此,则可译为"八成是盼丰收盼得上了吊的农夫"。

是时候,手绢可得带够喽,跟这儿老得擦汗①。(内敲门声)敲,敲!我以另一个魔王的名义再问一声——谁敲门呢?说真的,这一定是个说话含糊暧昧的家伙②,能到正义女神天平盘子③的两头儿,换着边儿,站在一边赌咒发誓骂另一边;他打着上帝旗号犯的叛逆之罪④真不少,可却糊弄不了上天:啊,进来吧,说话含糊暧昧的家伙——(内敲门声)敲,敲,敲!是谁?没准儿是位英国裁缝,来这儿是为了要做件法式马裤还偷衣料⑤:进来吧,裁缝,你可以在这儿烧你的熨斗⑥——(内敲门声)敲,敲,不停地敲!到底是谁呀?这地方连做地狱都嫌太冷,我以后再也不给鬼门关看门儿;我倒真想把各行各业的人都放进来几个,让他们在

---

① 门房的意思是,地狱里有燃烧的硫黄火,得用手绢擦汗。

② 说话暧昧的家伙,这里转指"耶稣会"信徒。"耶稣会"曾创立一种学说,名为 Doctrine of Equivocation(暧昧原则),认为凡事只要能自圆其说,即可成立。1606 年 3 月 28 日,"耶稣会"领袖亨利·加尼特(Henry Garnet,1555—1606)因"火药谋杀案"被指控犯下大逆不道之罪。他在为自己辩解时,说了许多暧昧不清、模棱两可的话,最终于 5 月 3 日被处以绞刑。

③ 指正义女神手里所持的那架天平。在希腊神话中,正义女神西弥斯,旧译"忒弥斯"(Themis),蒙着双眼,一手持剑,一手持天平。

④ 指"耶稣会"教士对上帝不忠不信,靠含糊其辞混不进天堂。

⑤ 法式马裤,即紧身短裤,能在做紧身短裤的时候偷出衣料的裁缝,必会精打细算、裁艺超群。

⑥ 原文为 goose,熨斗,因其握柄形同鹅颈,故以此称之。goose(鹅)的双关意,指妓女。门房此句的双关意是:"你可以在这儿跟妓女上床。"或:"你可以到这儿来得性病。"

享乐的恶之路上通向永恒的诅咒①——(内敲门

声)来了,来了!请记住我这个看门儿的。②(开门)

(麦克德夫及伦诺克斯上。)

麦克德夫　伙计,你是不是睡太晚了,到现在还爬不起来?

门房　　　不瞒您,先生,昨晚开怀畅饮,一直喝到第二遍

鸡叫③:酒这东西,先生,最容易激出三件事儿。

麦克德夫　哪三件,有什么特别吗?

门房　　　以圣母马利亚起誓④,先生,赤红鼻子、睡大觉

和尿尿。淫欲嘛,先生,能激起来,又激不起来:

它激起欲火,可没劲儿干。所以呀,多喝酒对淫

欲来说,就成了一个说话含糊暧昧的家伙:成

全它,又坏它事儿;激活它,又使它疲弱无力;

叫它起劲儿,又叫它垂头丧气;叫它挺住,可又

挺不住;结果呢,说些含糊暧昧的话骗它睡觉,

让它只能在梦中起劲儿、梦中发泄,然而把它

撇在那儿不管。

---

　　① 指在享乐的罪恶之路上的人都该打入十八层地狱。也可译为:永劫不复的地
狱之火;或:永远燃烧的地狱。

　　② 门房有讨赏钱的意思:您可别忘了赏我酒钱。

　　③ 此时天光已亮,门房酒喝至深夜,说是"第二遍鸡叫"(三点钟),而谋杀约发
生在凌晨两点。这意味着,麦克德夫从邓肯寝室返回,到响起敲门声,可能用了半个
小时。

　　④ 原文为 Mary, by the Virgin Mary。以圣母马利亚起誓。是一种轻誓,后演变为
"的确""真的""说真的"等意思。

麦克德夫　　我看是昨天晚上的酒把你给骗了。

门房　　　　真是这样,先生,它当我面儿故意撒谎,但我让它为此付出了代价。我想,我比它强多了。尽管它有时会绊住我的腿①,可我还是会设法把它掀翻在地②。

麦克德夫　　你家主人起床没有——是我们把他敲醒了:他来了。(门房下③)

(麦克白上。)

伦诺克斯　　早安,高贵的先生!

麦克白　　　二位早安。

麦克德夫　　尊贵的伯爵,国王醒了吗?

麦克白　　　还没有。

麦克德夫　　他命我一早来叫他:我差一点儿就误了。

麦克白　　　我领你去。

麦克德夫　　我知道这是你乐于付出的麻烦,但还是有劳辛苦。

麦克白　　　高兴之事,何谈辛苦。这门里便是。

---

　　① 酒喝多了,人走路会跌跌撞撞、东倒西歪,好像被酒绊住了似的。门房在此以跟酒摔跤自喻酒喝多了。

　　② 原文为 cast,摔倒;呕吐。还有一解作"尿尿"。门房在此自嘲,他"把它(酒)掀翻在地"的做法,不外乎呕吐、尿尿。

　　③ 此处无舞台提示,门房应已退场。

麦克德夫　　那我就斗胆去叫醒他,这么做也是王命所托。(下)

伦诺克斯　　国王今天就走吗?

麦克白　　　是的,他是这样打算的。

伦诺克斯　　昨晚上的风刮得真邪性,我们住的地方,连烟
　　　　　　囱都吹倒了。有人说,听见空中有悲伤的哀泣;
　　　　　　还有人听见死人怪异的惨叫,用可怕的语调,
　　　　　　预言一场可怕的骚乱和动荡的乱局,即将降临
　　　　　　这可悲的世间。黑暗之鸟猫头鹰吵了一整夜,
　　　　　　有人说大地害了寒热病,直打哆嗦。

麦克白　　　的确是个狂暴之夜。

伦诺克斯　　在我年轻的记忆里,从未有一个夜晚可与昨夜
　　　　　　相比。

(麦克德夫重上。)

麦克德夫　　可怕啊,可怕,可怕! 叫你想不到,说不出的
　　　　　　恐怖!

麦克白　　　出什么事了?

伦诺克斯　　出什么事了?

麦克德夫　　毁灭①已创造出它的杰作! 最该遭天谴的②谋杀

---

① 也可解作:混乱;灾难。

② 也可解作:最亵渎神明的;最大逆不道的。《旧约·撒母耳记上》24:10:“今日
你亲眼看见在洞中上帝将你交在我手里,有人叫我杀你,我却爱惜 a 你,说:‘我不敢
伸手害我的主,因为他是上帝的受膏者。’”国王作为“上帝的受膏者”(上帝授权当国
王的人)神圣不可侵犯。

麦克德夫　可怕啊,可怕,可怕! 叫你想不到,说不出的恐怖!

　　　　　　　打开了上帝受膏者的圣殿①,偷走了里面的生命。

麦克白　　　你说什么? 生命?

伦诺克斯　　你是说陛下?

麦克德夫　　到寝室去看,一幕惊人的惨象会吓坏你们的眼睛。别叫我说,去看,等你们自己看了再说。(麦克白、伦诺克斯下)——醒来,醒来! ——敲警钟! ——谋杀! 叛国! ——班柯、唐纳本! 玛尔康! 醒来! 抛弃温柔的睡眠,睡眠不过一场假死,你们来看看死的真相! 起来,起来,看看这世界末日的惊天惨象! 玛尔康! 班柯! 你们要像从坟墓里起来②,像幽灵一样走来,亲眼看看这恐怖的一幕! 敲钟! (钟鸣)

(麦克白夫人上。)

---

　　① 指邓肯(在加冕时涂了圣油、受到上帝祝福)的头或身体。《圣经》中将信徒比作上帝的圣殿,《新约·哥林多前书》3:16—17:"你们一定晓得, 你们是上帝的圣殿,上帝的灵住在你们里面。因此,要是有人毁了上帝的圣殿,上帝一定要毁灭他;因为上帝的圣殿是神圣的,你们自己就是上帝的圣殿。"《启示录》11:19:"这时候,上帝在天上的圣殿开了;他的约柜在殿里出现。"此处暗示,麦克白谋杀邓肯,即是毁了"上帝的圣殿",最后必遭上帝毁灭。

　　② 参见《新约·约翰福音》5:28—29:"所有在坟墓的人都要听见他的声音,而且要从坟墓里出来。《启示录》20:12—13:"我又看见死了的人,无论尊贵卑微,都站在宝座前。"

麦克白夫人　　出什么事了,非要吹响这可怕的世界末日的
　　　　　　　号角①,把整个城堡的人都叫醒?说呀,说呀!

麦克德夫　　　啊,温柔的夫人,我不能跟你细说:这话一旦
　　　　　　　传进女人的耳朵,就会变成谋杀的凶器——

(班柯上。)

麦克德夫　　　啊,班柯,班柯!国王陛下被谋杀了!

麦克白夫人　　哎呀,天哪!什么?在我们家?

班柯　　　　　无论在哪儿,都太残酷了——亲爱的德夫,我
　　　　　　　求你驳回刚才的话,跟我们说没这回事。

(麦克白、伦诺克斯重上。②)

麦克白　　　　假如我在这惨祸发生前一小时死去,我就是
　　　　　　　活了幸福的一生③,因为从这一刻起,我的人
　　　　　　　生已毫无严肃可言——一切都只不过鸡毛
　　　　　　　蒜皮:尊崇和荣誉死了;生命的美酒已喝干,
　　　　　　　酒窖④里只剩一些残渣洋洋自得。

---

　　① 原文为 trumpet,号角。以"号角"替代"钟鸣"(bell),意在以此特指《圣经》中"世界末日的号角"(the last trump),形容钟声敲得怕人。也可简单直译为:出什么事了,非要把钟敲得这么可怕,把全城堡的人都吵醒?参见《新约·哥林多前书》15:52:"世界末日的号角响的时候,都要改变。最后的号角一响,死人要复活而成为不朽的。"《帖撒罗尼迦前书》4:16:"那时候,将有号令的喊声、天使长的声音、上帝的号角吹响,上帝本身要从天而降,那些信基督而已经死了的人要先复活。"

　　② 也有舞台提示,罗斯在此时上场。可能还有一些侍从上场。

　　③ 原文为 blessed,幸福的;快乐的。同时,"blessed"有"受祝福的"和"神圣的"之意。暗示麦克白谋杀邓肯之后的人生,便不再受到上帝的祝福。

　　④ 原文为 vault,酒窖。亦指"苍穹"。两者均为圆顶。麦克白在此虚情假意地表示,邓肯已死,苍穹之下便没有什么有严肃意义的事。

（玛尔康、唐纳本上。）

唐纳本　　　出什么岔子了？

麦克白　　　你们还不知道，这岔子就出在你们身上：你们血脉的源头断了——你们生命的根折了。

麦克德夫　　你们的父王被谋杀了。

玛尔康　　　啊，谁干的？

伦诺克斯　　看着像那两个侍卫干的，他们俩脸上、手上全是血；还在他们枕头上，找到两把带血的剑。他们都二目圆睁，受了惊吓似的一脸惶恐：谁敢把命交给他们。

麦克白　　　啊！我后悔万不该一怒之下杀了他们。

麦克德夫　　你为什么要杀他们？

麦克白　　　有谁能在短瞬之间，同时表现得既聪明、又惊慌，既镇静、又狂暴，既忠诚、又中立吗？谁也不能。愤激之下，一时冲动，哪里还顾得上三思而行的理智。邓肯躺在这儿，他银白的皮肤上镶满金黄色的血，他身上那一道道创伤活像生命打开缺口，这一个又一个缺口全都是毁灭的门户：两个谋杀者在那儿，浑身沾满了凶手的血污，还有那两把剑，满是血迹，不堪入目。但凡有一颗忠爱之心，而又有勇气彰显这忠爱之心的人，谁能忍得住？

麦克白夫人　哎哟，谁扶我一下！（假装晕倒）

麦克德夫　　快去照看夫人。

玛尔康　　　(向唐纳本旁白)这事儿①跟我们关系最大,我们
　　　　　　为何一言不发?

唐纳本　　　(向玛尔康旁白)在这儿还能说什么? 我们的厄
　　　　　　运就藏在一个神鬼莫测的小眼儿里,随时都
　　　　　　会冲出来伏击②我们。我们走,有泪也不能在
　　　　　　这儿流。

玛尔康　　　(向唐纳本旁白)我们的强烈悲痛还没开始呢。

班柯　　　　照看好夫人。(麦克白夫人被抬出)——我们的身
　　　　　　子都很脆弱,这么赤裸着容易受凉,回去把
　　　　　　衣服穿好,再来碰面,我们要彻查这一最血
　　　　　　腥的谋杀,进一步了解真相。恐惧和疑虑震
　　　　　　撼着我们:以上帝的巨手为指引,凭着上帝
　　　　　　的恩助,我一定要与隐藏在这叛逆的罪恶背
　　　　　　后那不可告人的阴谋,奋战到底。

麦克德夫　　我也一样。

众人　　　　我们都一样。

麦克白　　　那大家赶快穿好衣服③,随后大厅再聚。

众人　　　　同意。(除玛尔康、唐纳本外,均下)

---

　　① 指人们正提及的邓肯被杀这件事。

　　② 原文为 seize,伏击;抓住。

　　③ 原文为 manly readiness,适当的服装。也有解作"振奋精神"。也有解作:在此
危机时刻,让我们穿上战士的衣服,振奋精神。

玛尔康　　　你打算怎么办？我们不必去跟他们凑数。装出一脸无谓的悲伤，是每一个奸诈小人的拿手伎俩。我要到英格兰去。

唐纳本　　　那我去爱尔兰；就此分开，我们俩都会更安全一些。待在这儿，人们的笑里都藏着刀；与你血缘越近，越容易对你痛下杀手。

玛尔康　　　已经射出的谋杀利箭还没有落下，我们活命的唯一办法，就是别给它当靶子：所以，赶紧上马，别在乎什么道别的礼节，悄悄开溜。一个地方，毫无仁慈，不辞而别，理所应当。(同下)

第四场

因弗内斯城堡外

（罗斯与一老人上。）

老人　　我活了七十年,亲眼见过许多令人惊恐的瞬间和莫名其妙的怪事,想来还都如在眼前:可跟这可怕的夜晚一比,以往那些经历也就不算啥。

罗斯　　啊,尊敬的老人家,您看,苍天①对人类的行为十分不满,已向这血腥的舞台发出恐吓:按时辰算,现在应是天光大亮,可黑夜却掐死了天体中运行的那盏明灯②。正该阳光亲吻大地的时候,黑暗却将大地埋葬,难道是黑夜主宰了一切,还是天光羞于目睹人间的恶行③?

----

① 苍天以大地为舞台,仿佛剧院的屋顶。

② 原文为 traveling lamp, i.e. sun. (天体中运行的那盏明灯)太阳。可简单意译为:"可黑夜却掐死了太阳。"

③ 指邓肯被谋杀的血案。关于黑夜遮掩大地的意象,参见《新约·马太福音》27: 45:"中午的时候,黑暗笼罩大地。约有三小时之久。"这正是耶稣在十字架上受难之际。《路加福音》23:44—45:"约在中午的时候,太阳消失了,黑暗笼罩大地,直到下午三点钟。"

老人	这天象就跟那发生的血案一样反常。上礼拜二一只猎鹰飞到最高点,正要俯冲①,却被一只逮老鼠吃的猫头鹰猛扑过去抓住,弄死②。
罗斯	还有件十分怪异而确信无疑的事:邓肯的那几匹马——体形俊美,奔跑如飞,真是良种里的宝马良驹,突然野性大发,撞破马厩,冲了出来,四蹄乱蹬,难以驯服,好像要向人类挑战。
老人	据说还互相撕咬。
罗斯	是这样,我亲眼所见,惊愕不已——亲爱的麦克德夫来了。

(麦克德夫上。)

罗斯	先生,现在情况怎样了?
麦克德夫	怎么,你还不明白?
罗斯	这血案是谁干的,已经知道了?
麦克德夫	就是被麦克白杀了的那两个家伙干的。
罗斯	唉,这一天!可他们图什么呢?
麦克德夫	有人指使他们。国王的两个儿子——玛尔康和唐纳本,已经偷偷逃走,这就使他们跟这事有了嫌疑。
罗斯	这就更不合乎情理!无利可图的野心,你竟贪婪地毁灭自己生命的源泉!看这情形,王

① 此为猎鹰术语,指猎鹰在俯冲追捕猎物之前,先要飞到最高点。
② 猫头鹰只逮老鼠吃,不抓猎鹰。

权要落在麦克白身上。

麦克德夫　他已被拥戴，到斯贡①正式执掌王权去了。

罗斯　邓肯的遗体在哪儿？

麦克德夫　已运到戈姆基尔②——那是他先人归葬的圣地，
　　　　守护着他们的遗骨。

罗斯　你也要去斯贡吗？

麦克德夫　不，兄弟，我去费辅③。

罗斯　好，那我去那儿看看。

麦克德夫　好，但愿你所见一切都圆满，再会！怕只怕我们
　　　　穿惯了旧袍不愿穿新袍。④

罗斯　再见，老人家。

老人，上帝保佑您，上帝也保佑他们，
那些拿恶当善、视敌为友的人！⑤（众下。）

---

①原文为 Scone，斯贡，位于珀斯(Perth)北二英里半，为旧时苏格兰中部一个郡，也是旧时苏格兰国王的加冕地。1590 年，在此建成斯康王宫(Scone Palace)，后为英国历代国王加冕典礼举行地。19 世纪扩建后，王宫成为曼斯菲尔德伯爵的宅邸，并向公众开放。

②原文为 Colmekill，戈姆基尔，现名爱奥那(Iona)，是苏格兰的一个小岛，古时为苏格兰国王的墓地。

③费辅是麦克德夫自己的领地。

④在此以"穿惯了旧袍"比喻已习惯侍奉旧主(国王)邓肯，而以"不愿穿新袍"比喻对麦克白当国王之后的情形不可预知。

⑤此为《圣经》的重要母题之一，即"要以善报恶，化敌为友"。参见《新约·马太福音》5：39—44："不要向欺负你们的人报复……要爱你们的仇敌，并为迫害你们的人祷告。"《罗马书》12：17—21："不要以恶报恶……'如果你的仇敌饿了，就给他吃，渴了，就给他喝，'……所以，不要被恶所胜，要以善胜恶。"《彼得前书》3：9："不要以恶报恶，以辱骂还辱骂；相反，要以祝福回报。"《帖撒罗尼迦前书》5：15："谁都不可以以恶报恶。"

第三幕

第一场

弗里斯王宫中一室

(班柯上。)

班柯　　　　你现在已得到王位——国王,考德,格莱米斯,果然像女巫们预言的那样,你全都得到了。但恐怕你为得到这些,用了最卑鄙邪恶的手段。可据说,你的王位不能传及子孙,我才是许多君王的根脉始祖。假如她们的话千真万确,就像落在你——麦克白身上那样灵验,也就是说,既然她们的话确已证实对你灵验,难道就不能成为对我的神谕、激起我的希望吗?只是,嘘,别再说了。

[喇叭奏花腔。麦克白(头戴皇冠、身披王袍)、麦克白夫人(头戴后冠、身着后服)、伦诺克斯、罗斯、贵族们、贵妇们及侍从等上。]

麦克白　　　我的主宾都到齐了。

麦克白夫人　要是忘了请他,那对我们的盛宴将是一大缺憾，一切都会显得不像样子。

麦 克 白　(向班柯)今晚举行隆重盛宴，先生，我①请你务必赏光。

班 柯　谨遵王命。身为臣下，职责所在便是对陛下永效犬马，牢不可解。

麦 克 白　今天下午你去骑马吗？

班 柯　是，陛下。

麦 克 白　否则，今天的会议②，我很想听到你的真知灼见——你的意见总是那么聪慧睿智，叫人受益。只好等明天再作商议——你要骑很远吗？

班 柯　陛下，我想尽量骑远一点儿，把从现在到晚饭前的时间都在马上消磨掉；要是马跑得不够快，恐怕天黑一两个小时之后才能回来。

麦 克 白　别误了宴会。

班 柯　陛下，不会误的。

麦 克 白　听说我那两个凶残的表侄③已分别逃亡英格兰和爱尔兰，他们不承认自己是残忍弑父的元凶，满世界散布离奇的谎言④；这件事我们也明

---

① 此处，麦克白故意屈尊用"I"（"我"），而非国王惯用的"We"（"我们"，即"朕"的意思），以对班柯表示谦恭，并显示出和蔼可亲的样子。

② 指麦克白作为国王要召开的枢密院会议。

③ 指邓肯的两个儿子玛尔康和唐纳本。

④ 指麦克白是凶手。

天再议，有许多国务要事都需要我们一起处
理。快上马吧，等你晚上回来再见。弗里安斯跟
你一起去吗？

班柯　　是，陛下，时间在催我们上马。

麦克白　愿你疾驰如飞，一路平安，如此，我就把你们托
付给马背，再见。(班柯下)大家先请便，各忙各
事，晚上七点再聚。为使晚宴能更为喜庆，晚宴
之前这段时间，我想一个人独自待会儿。好了，
晚宴之前，愿上帝与你们同在！　(除麦克白及一侍
从，均下)小子①，我问你，那些人在等我命令吗？

侍从　　是，陛下，他们都在宫门外候命。

麦克白　带他们来见我。(侍从下)仅仅当一个国王不算什
么，搞定一切才算万无一失②——我从骨子里
对班柯心怀恐惧，他高贵的天性中有一种东西
叫我害怕：他敢作敢为，除了无所畏惧的性情，
他还有一种智慧，能引导他把勇敢毫无闪失地
付诸行动。只有他令我心惊胆寒，除了他，我谁
也不怕。我的守护神③被他压在下面，受到强烈

---

①　原文为 sirrah，小子。主人对下人的一种称谓。
②　原文为 thus，这样。指当国王。此句直译为：仅仅这样不算什么，万无一失的
"这样"才行。
③　原文为 Genius, guiding spirit. 守护神灵。当时仍然认为，每个人从一降生，就
会有一位守护神灵引导人生。

抑制，据说这情形跟马克·安东尼一见凯撒①就发怵一样。女巫们最初把国王的名义给我的时候，他呵斥她们，命她们对他说话；紧接着，她们就像先知似的向这位万世君王之父致敬。她们给我戴的是一顶断子绝孙的王冠，往我手里放的是一根无后可传的权杖②，为的是让一只与我的血脉毫不沾边的手把它夺去，我的子孙却不得继承。要真是这样，我这亵渎神明的意志为的只是班柯的后代，我是为他们谋杀了仁慈的邓肯，为他们把仇恨植入内心，我把我不朽的灵魂拱手送给人类的公敌——魔鬼，③只是为了他们，让他们——班柯的后代——永世称王！与其这样，还不如索性与命运拼杀，一决生死！

谁在那儿？

（侍从与两刺客上。）

①原文 Mark Antony，马克·安东尼（前82—前30），Caesar, i.e. Julius Caesar，尤利乌斯·凯撒（前100—前44），两人均为古罗马军人、政治家。据古希腊史学家普鲁塔克（Plutarch）的《安东尼的生活》（*Life of Antony*）描述，安东尼的光芒被凯撒遮掩。麦克白以此表明，他一见班柯就像安东尼见凯撒一样，心里发怵。

②有注释本以为，此处"权杖"或暗示麦克白的生殖器，指其没有生育能力。

③把犯罪堕落称为"把灵魂送给魔鬼"，源自《圣经》。参见《新约·彼得前书》5:8:"你们的仇敌——魔鬼，正像咆哮的狮子走来走去。"《启示录》12:9:"它就是那条古蛇，名叫魔鬼或撒旦，是迷惑全人类的。"《马可福音》8:36:"一个人就是赢得了全世界，却丢掉了自己的灵魂（后改为'赔上自己的生命'），有什么益处呢？"

麦克白	(向侍从)你现在到门口去,等叫你再进来。(侍从下)昨天我们一起谈过吧?
刺客甲	回陛下,正是。
麦克白	这么说,我的话你们考虑过了?要知道,以前一直都是他,阻挡了你们升官发财,我并不知情,是你们错怪了我。这一点,上次谈话时我已经跟你们讲得很清楚,还证明给你们看,你们是如何被欺骗、如何被算计,是谁如何使用手段,凡此种种,即便一个半痴呆和脑子不健全的人,都会说一句"这是班柯干的"。
刺客甲	陛下已有明示。
麦克白	一点儿不假。而且,我还有话对你们说,这也是我们今天第二次谈话的关键。难道你们有足够支配本性的耐心,任由此事继续下去吗?他的铁手已快把你们压进坟墓,你们的后代也将永世沦为乞丐,难道你们竟还如此听命福音的教训①,要为这个好人及其子孙祈福吗?
刺客甲	陛下,我们是人。②

---

① 原文为 Gospelled, 被(《新约》)福音书的教义浸染或支配,听从福音的教训。参见《新约·马太福音》5:44:"但是我告诉你们,要爱你们的仇敌,并要为迫害你们的人祷告。"《罗马书》12:14:"要祝福迫害你的人;是的,要祝福,不要诅咒。"《哥林多前书》4:12:"被人咒骂,我就说祝福的话;受人逼迫,我就忍耐。"麦克白并非要刺客去爱仇敌班柯,而故意以反话,把班柯说成迫害他们的仇人,以刺激挑唆刺客行刺班柯。

② 刺客的意思是:陛下尽管放心,我们不是圣人,福音教训对我们没用。

麦克白　　是的，要按物种分类，你们是人，就像猎狗、灰狗、杂种狗、哈巴狗、劣等贱狗、蓬毛狮子狗、长毛游水狗、狗狼交配的狼狗，反正统统都叫狗；而要按身价分类，狗跟狗可不一样，每一条狗都得按其天赋秉性注明，哪条跑得快，哪条跑得慢，哪条狡猾，哪条适合看家，哪条适合打猎……也就是说，在狗的花名册上，每种狗又各有专名，以此类推。人也一样。①好吧，要是你们在人的分类簿上，不属于最低劣的那一类，就明说，我有一件心腹事要托付二位去办，只要照我说的做，你们不仅可以铲除仇敌，还能深得我的欢心和恩宠。他只要在这人世活一天，我便一天心病不除；他只要一死，我就高枕无忧。

刺客乙　　我是这样一个人，陛下，受够了世间无情的酷虐打击，早已愤愤不平，只要能向世间发泄怨恨，无论干什么我都无所顾忌。

刺客甲　　我也一样，一次又一次经历灾难消磨，遭受命运摧残，我愿豁出去拿命赌一把，要么从此走

---

① 此处体现出《圣经》中"各人都有神降恩赐"的观念。参见《新约·以弗所书》4：7："我们每一个人都按照基督所分配的，领受特别的恩赐。"《马太福音》25：15："他按照他们各人的才干，一个给了五千块钱，一个给了两千，一个给了一千。"《彼得前书》4：10："既然每个人都是上帝各种恩赐的好管家，就照着从上帝领受的种种恩赐，彼此服务。"

麦克白　　你们俩都知道班柯是你们的仇人?

刺客甲乙　是的,陛下。

麦克白　　他也是我的仇人。

运,要么就此了断。

麦克白　你们俩都知道班柯是你们的仇人？

刺客甲乙　是的,陛下。

麦克白　他也是我的仇人,血海深仇,不共戴天。他活着,每一分钟都威胁到我的生命——尽管我可以毫不掩饰地运用手里的王权,把他从眼前清除,这么做也没什么不当,可就是不能这么做,因为有几个人是我和他共同的朋友,我不想因此失去他们的友爱,因此,明明是我自己要打倒他,还必须得为他的倒下而悲伤。所以,只好恳求二位相助,出于各种重大的理由,此事非掩人耳目不可。

刺客乙　陛下,我们一定按令行事。

刺客甲　哪怕我们丢了①——

麦克白　你们的眼神已透露出决心。②最多再过一小时,我便告诉你们在哪儿设伏,我会把查明的确切情况③告诉你们,该什么时间下手,因为这件事一定要在今晚办妥,动手时离王宫远一点儿;千

---

① 此话未说完就被麦克白打断。刺客甲要说的完整意思是:哪怕我们丢了命。

② 麦克白打断刺客的话,意思是:不必多言,我已看到了你们的决心。

③ 原文为 perfect spy,确切的情况。也有将 perfect spy 解作在下一场出现的第三个刺客。

万记住，一定撇清我的嫌疑。那跟他在一起
的——别把一件作品弄得毛毛糙糙，不干不
净——他儿子弗里安斯与他同行，杀他跟杀
他父亲对我来说同样重要，必须叫他欣然
接受黑暗的命运。你们先下去，自己拿主
意，我随后就来。

刺客甲、乙　我们主意已定，陛下。

麦克白　　我这就来看你们，你们在里面等会儿。(两刺
客下)

事已至此：班柯，你灵魂的飞翔，

若能找到天堂，一定躲不过今晚。①(下)

---

① 麦克白决心当晚除掉班柯，他用反讽的语气希望，假如班柯的灵魂飞起来能
找到天堂，一定是"今晚"。

是内乱、外患，一切的一切，没有什么再能伤害他。

麦克白夫人　话到此为止。我高贵的丈夫，今晚不仅要掩饰住满脸的愁容，还得心情愉快、神清气爽地招待宾客。

麦克白　　一定会的，爱人；我请你，也要这样：你一定得特别关照班柯，用你的眼睛和舌头给他一种特殊的尊崇①。眼下，王位尚未坐稳，我们必须要在这阿谀谄媚的溪流中把名誉洗干净，用外表的假面遮掩内心，把真实的面目隐藏起来。

麦克白夫人　别再自寻烦恼了。

麦克白　　啊，亲爱的妻子，我脑子里爬满蝎子②！你知道，班柯和弗里安斯还活着。

麦克白夫人　他们的生命契约又不是永恒的。

麦克白　　这我就放心了：他们是可以侵犯的。那你③就高兴起来。在蝙蝠结束它在回廊庭院④中的飞旋之前；在粪土里生长的屎壳郎应邪恶的

---

① 麦克白让夫人用眼神和言语迷惑班柯。

② 蝎子，比喻折磨人、令人产生恐惧的思想。另，旧时的迷信说，人若闻久了紫苏(Basil)的香味儿，脑子里会滋生出蝎子。

③ 你，指麦克白自己。

④ 四周带回廊的庭院。

赫卡特召唤,用它昏昏欲睡的嗡嗡声奏响催眠的晚钟之前,要有一件听着可怕的事①尘埃落定。

麦克白夫人　什么事儿?

麦克白　　　我最亲爱的宝贝儿,你先别问,事成之后,你自然会拍手称快。来吧,遮人双眼②的黑夜,把那白昼富于悲悯的温柔的眼睛遮起来,用你那无形的死神之手,把那令我面色惨白的生命契约废除、撕碎!夜色渐浓,乌鸦已飞回昏暗的树林:

白天的好事消沉得昏昏欲睡,

夜的邪恶精灵③开始兴妖作怪。

我的话令人吃惊,不必惊异:

坏事靠邪恶更使它变本加厉。

就这样,请跟我来。(同下)

---

①麦克白以"note"(有谱曲之意)是为回应上一句甲虫奏响的催眠晚钟,他的意思是要为班柯奏响可怕的杀戮乐曲。也可直译为:要有一件值得注意的可怕事情发生。

②原文为seeling,原为驯鹰术语,指用线将幼鹰的眼皮缝起,转义指遮住双眼,使人陷入盲目之中。

③邪恶精灵,指幽灵、恶鬼、窃贼、强盗、杀人犯、老鼠、猫头鹰等。

麦克白夫人　什么事儿?

麦克白　　　我最亲爱的宝贝儿,你先别问,事成之后,你自然会拍手称快。

第三场

弗里斯;花园,有路直通王宫

(三刺客上。)

刺客甲　(向刺客丙)可谁叫你来跟我们一起的?

刺客丙　麦克白。

刺客乙　用不着怀疑他,他所说我们的任务和该做什么,
　　　　跟我们得到的命令丝毫不差。

刺客甲　那就跟我们一起在这儿等吧。西方还闪着几缕
　　　　白昼的微光,迟误的旅客此刻正该打马扬鞭及
　　　　时赶奔旅店;我们守候的目标也已走近。

刺客丙　听! 我听见有马蹄声。

班柯　　(在内)喂,给我们点一支火把!

刺客乙　那一定是他:除了他,请帖上的所有人都已到
　　　　宫里。

刺客甲　他的马牵回马厩了。

刺客丙　差不多还有一英里。不过他平时经常这样,所

有人都这样,从那儿走到王宫。

(班柯、弗里安斯手持火把上。)

刺客乙　　火把,火把!

刺客丙　　是他。

刺客甲　　准备动手。

班柯　　　今天晚上有雨。

刺客甲　　那就让它下吧。(灭掉火把)

班柯　　　啊,阴谋!快逃,好弗里安斯,快逃、快逃、快逃!
　　　　　要替我报仇。(三刺客攻击班柯)——啊,狗奴才!
　　　　　(死。弗里安斯逃走)

刺客丙　　谁灭的火把?

刺客甲　　不该灭吗?

刺客丙　　只倒下一个:那儿子逃了。

刺客乙　　至少有一半的好事被我们弄砸了。

刺客甲　　没辙,走吧,回去交差,怎么干的照直说。(同下)

第四场

弗里斯王宫大厅

(筵席准备就绪。麦克白、麦克白夫人、罗斯、伦诺克斯、贵族们及侍从等上。)

麦克白　　　各位都知道自己的品级①,坐下来。(众人入座)
　　　　　　自始至终,我竭诚欢迎。

众人　　　　敬谢陛下。

麦克白　　　我要做一个谦恭的东道主,亲自向各位一一
　　　　　　祝酒②;我们的女主人端坐在她的宝座上③,
　　　　　　适当的时候,我再请她向各位祝酒。

麦克白夫人　陛下,请代我向所有的朋友致意,表达我由
　　　　　　衷的欢迎。

(刺客甲上,立于门旁。)

麦克白　　　看,他们在以由衷的谢意回应你——长桌两

----

① 宴会座位按官爵品级的高低来安排。
② 麦克白为表示谦恭,要走到座位中间逐一向各位宾客祝酒。
③ 指桌端带有华盖的王后的宝座。

边都已坐满,那我坐在中间。开怀畅饮,尽情欢乐,等一会儿我就传杯环席敬酒。①(走到门口)你脸上有血。

刺客甲　应该是班柯的血。

麦克白　你这样②站在门外,总比他在席间落座要好得多。把他杀了?

刺客甲　陛下,他的喉咙被割断,是我动手干的。

麦克白　你真是割喉的行家。谁要是这么杀了弗里安斯,他也是好样的;假如是你干的,那你就无人能比。

刺客甲　至尊的陛下,弗里安斯逃走了。

麦克白　我的心病又要发作。要不然,我就完美无缺③了,我原本可以像大理石一样完整无损,像岩石一样坚硬牢固,像环绕的空气一样广阔自由;可眼下,我却遭拘束、关禁闭、受限制,被粗暴无礼的疑惑和恐惧束缚住。班柯可是死了?

---

① 把酒倒在大杯里,环酒席传递,每人饮一小口。

② 原文为 Thus,这样。指刺客脸上带血的样子,本身并非指血。关于整个这句话,有多种解释,按梁实秋注,主要有三种:1.班柯的血在你脸上比在他身体里更让我欢心。2.班柯的血在你脸上总比他人在屋里好些。3.你这样涂血的恶汉立在我们门外总比贵客班柯在我屋里好些。

③ 原文为 perfect,完美无缺。指麦克白的心病导致他的心不能完美无缺。

刺客甲	是,陛下。他安稳地躺在一条壕沟里,脑袋上豁了二十个伤口,最小的伤口也足以致命。
麦克白	有劳,多谢。大蛇躺在那儿,那逃走的小虫,按其天性迟早会生出毒液,只是现在还没有牙——你去吧,明天再谈。(刺客下)
麦克白夫人	我的丈夫陛下,你还没为客人敬酒助兴;大摆筵席,若不能自始至终让客人觉得如沐春风、宾至如归,那酒宴就成了叫卖,而不是宴请。好吃的东西得在家里做;既不在家里,就得用好客的礼节来调味儿,否则,社交聚会还有什么价值①。
麦克白	你真是一个亲爱的提醒人②!我现在给大家祝酒,愿各位胃口大开,吃饱喝足,吃好喝好!
伦诺克斯	陛下请坐。③

(班柯的幽灵上,坐在麦克白座位上。)

麦克白	假如我们充满恩典的④贵宾班柯在座,此时此刻,整个王国的豪门显贵就齐聚一堂;我宁愿责备他不近人情,也不愿为他遭了什

---

① Meeting(社交聚会)与 meat(肉)双关,此句的双关意是:那肉还有什么味道。

② "提醒人"最初为官名,职责是提醒上级要做的事。

③ 有的本子此句为问句:请陛下就坐如何?

④ 原文为 graced person,充满恩典之人。在《圣经》里,主耶稣便是充满恩典和真理的人。另一意思指尊贵的客人。

么灾祸而悲悯。

罗斯　　　　陛下，他言而无信，爽约不来，该受责备。请
　　　　　　陛下赏我们恩典，落座如何？

麦克白　　　席位都坐满了。

伦诺克斯　　陛下，这儿给您留了个空位。

麦克白　　　在哪儿？①

伦诺克斯　　这儿，陛下。是什么令陛下您不安？

麦克白　　　这是你们谁干的？②

伦诺克斯　　什么呀，陛下？

麦克白　　　你们可不能说这是我干的：你们的头发沾满
　　　　　　了血，别再这么冲我摇晃。

罗斯　　　　先生们，起来③：陛下不舒服了。(贵族们开始起身)

麦克白夫人　尊贵的朋友们，坐下来——这是我丈夫年轻
　　　　　　时落下的毛病，经常这样。请各位安心就座。
　　　　　　发病只是一阵儿，过一会儿很快就好。假如
　　　　　　你们太注意他，反而会惊扰他，令他激怒不
　　　　　　已、狂躁不安；接着用餐，不用管他。你是条
　　　　　　汉子吗？(麦克白夫妇旁白)

　　① 麦克白环顾四周，看到所有位子上都坐了人。
　　② 麦克白心病发作，表面上似乎在问："是谁占了我的座位？"实际上他心里问
的是："是谁杀了班柯？"
　　③ 罗斯对麦克白称"陛下您"，对客人们却连个"请"字也没有，口吻生硬。

麦克白	这是你们谁干的?
伦诺克斯	什么呀,陛下?
麦克白	你们可不能说这是我干的。

麦克白　　　　嗯,一条血性汉子,连魔鬼看了也心惊胆寒的东西,我都敢盯着它目不斜视。

麦克白夫人　　啊,好一派胡言乱语! 这就是你用恐惧画出来的想象, 这就是你所说的引你去杀邓肯的、空中出鞘的那把剑。啊,这突然爆发的情绪冲动——不过是拿真恐惧骗人的玩意儿,跟一个主妇在冬日炉火旁,讲述打她老祖母那儿传下来的故事,倒十分相称。丢人现眼! 你为什么要做这种鬼脸? 说到底,你瞅见的只是一把椅子。

麦克白　　　　请你看那边。看哪,瞧啊,瞅哇——你怎么说吧? 哼,我怕什么? 要是你能点头,应该也会说话。假如尸骨堂①和坟墓,非要把已经掩埋入葬的那些人送回世间,那只能拿鸢鸟的肠胃②当我们的墓穴。(幽灵隐去)

麦克白夫人　　什么! 太愚蠢了,你的男子汉气概呢?

麦克白　　　　我一站在这儿,就能看见他。

麦克白夫人　　呸,不知羞耻!

麦克白　　　　古时候,在人道的法律净化并使国家变得和

---

① 当时,一些教堂建有尸骨堂,存放从地下挖出的不知名姓之人的骸骨。

② 鸢鸟,鹰的一种,属食肉猛禽,喜欢吃腐肉。传说死者的尸体若被鸢鸟所吃,死者的幽灵便不会出现。

平之前,杀人流血的事不足为奇;是的,即便有了法律,恐怖至极的谋杀也随时发生。从前,脑浆子流出来人一死,就完事儿;可现在,他脑袋上被砍出二十道致命伤,却又跑到这儿来,占了我的位子①:这比这桩谋杀②还要奇怪。

麦克白夫人　我可敬的丈夫,您那些高贵的朋友还等着呢。

麦克白　　　我忘了。(大声)我最尊贵的朋友们,不必对我吃惊。我有一种怪病,凡了解我的都不会在意。来,为友谊和健康干杯,干了这杯,我就坐下——给我倒酒,斟满。(一侍从往高脚杯倒酒)——这一杯,我祝在座的所有朋友快乐,也祝我们亲爱的朋友、缺席宴会的班柯。真希望他在这儿! 为大家,为他,我们畅饮此杯,祝各位好运。

众人　　　　谨遵陛下,干杯。(众人饮酒)

(幽灵重上。)

麦克白　　　滚开! 别在我眼前! 让土把你埋起来! 你的骨头没有骨髓,你的血是冷的,你直勾勾瞪着的眼睛,根本就没有视力!

---

① 此句有两层含义,一指在宴会上占据座位,二指占据麦克白的王位继承权。麦克白最怕后者。

② 麦克白指自己对邓肯的这桩谋杀。

麦克白夫人　　亲爱的朋友们,他又犯病了,没什么大不了,
　　　　　　　只是扫了大家的兴。

麦克白　　　　凡是人敢干的事,我都敢:无论你像一头凶
　　　　　　　猛的俄罗斯毛熊,一条浑身粗皮硬如铠甲的
　　　　　　　犀牛,还是一只赫卡尼亚①的猛虎,出现在我
　　　　　　　眼前,只要不是现在这样子,我坚强的筋肉
　　　　　　　绝不会有一丝颤抖;或者你死而复生,胆敢
　　　　　　　用你的剑在不毛之地②向我发起挑战,哪怕
　　　　　　　我有半分胆怯,你完全可以公然宣布,我是
　　　　　　　一个少女生的孱弱的婴儿③。走开,可怕的幽
　　　　　　　灵!走开,虚假的幻象!(幽灵消失)嘿,怎么:他
　　　　　　　一走,我又是男人了。(向众人)还是请大家,坐
　　　　　　　下来。

麦克白夫人　　你以最令人惊异的癫狂,扫了所有人的兴,如
　　　　　　　此盛宴就这样被你糟蹋。

麦克白　　　　难道遇到这样的事,就像看一朵夏日浮云从
　　　　　　　头顶掠过,一点也不惊讶?我现在一想,当我
　　　　　　　吓得满脸煞白,你们却面不改色,脸上依然

　　　①原文为 Hyrcan, 赫卡尼亚,古波斯和马其顿王国的一个省名,位于里海东南
岸,以产猛虎野兽闻名。
　　　②无人之地,便没有人可以调节,意思是只有两人一对一的殊死决斗。
　　　③此句有两个意思,一指未成年少女所生的孱弱婴儿;二指小女孩的玩偶,按
此可译为:我是一个小女孩怀里的玩偶(娃娃)。

泛着红宝石般的红润,这简直叫我认不出自
己天性中的勇敢。

罗斯　　　看见什么了,陛下?

麦克白夫人　请你别再问了,他的病越来越厉害:一问反
而会激怒他——就此散席,晚安;离席先后
不必拘泥爵位品级的高低,立刻散了吧。

伦诺克斯　晚安,愿陛下早日康复!

麦克白夫人　祝各位晚安!(除麦克白夫妇,众贵族及侍从等下)

麦克白　　他流了血①,他们说:流血要用流血来还。②据
说,石头曾自己移动,树木曾开口说话③;预言
和占卜能从喜鹊、乌鸦、白嘴鸦之类的叫声,
推测出最隐秘的杀手。现在夜里几点?

麦克白夫人　差不多是夜昼相争、互不相让的时辰。

麦克白　　麦克德夫面对盛邀,拒绝前来,你怎么看?

麦克白夫人　陛下,你派人去请了?

麦克白　　我是间接听到①,但我会派人去的——那几

---

① 原文为 It,它(他),指杀害班柯的凶手。

② 参见《旧约·创世纪》9:6:"凡流别人血的,别人也要流他的血,因为我——上
帝造人是照自己的形象造的。"《出埃及记》21:12:"凡打人致死的,应被处死。"

③ "石头曾自己移动"的典故语出不祥,意思是指石头一旦移开,就会露出受害
者的尸体。"树木曾开口说话",可能源出古罗马诗人维吉尔(Virgil,前70—前19)的
史诗《埃涅阿斯纪》(又译《埃涅伊德》)(Aeneid),第3章22—68行。此处暴露麦克白
内心的恐惧,他担心石头移开,会暴露班柯的尸体;一旦树木开口说话,便会出卖他。

④ 指间接听到麦克德夫拒绝出席宴会的邀请。

个伯爵,每家都有一个被我买通的仆人通风报信。我明天——明天一大早就去找那三个女巫,听她们这回怎么说;因为我现在非要用这最邪的办法,从她们嘴里知道我最惨的结局不可。为了我的利益,其他所有的一切都得让路:我已在血泊中走了好远,若不继续踏血前行,回头路同样令人厌烦。脑中有奇思妙想,就该放手一搏,用不着反复斟酌,好歹干了再说。

麦克白夫人　你整个身心都缺乏调剂,睡觉吧。

麦克白　　　来,我们这就去睡。

　　　　　　到底是生手杀人,心生恐惧需要磨炼,

　　　　　　说奇言做怪行,幻觉自欺,在所难免。

　　　　　　（同下）

第五场①

荒　野

(雷声。三女巫上,遇赫卡特。)

女巫甲　　　我说,赫卡特,怎么了,一副气哼哼的样子?

赫卡特　　　妖婆竟如此大胆无礼,

　　　　　　难道我还不该生气吗?

　　　　　　你们怎敢用事关生死的哑谜,

　　　　　　背着我与那麦克白私自交道。

　　　　　　我,是你们施展魔咒的主宰,

　　　　　　所有的祸端都要由我来谋划;

　　　　　　为何你们这次连招呼也不打,

　　　　　　莫非不想让我显露妖法绝活儿?

　　　　　　更可恶的是,你们所做一切,

　　　　　　都只为了那刚愎自用的家伙,

---

① 有莎学家提出,本场可能不是出自莎士比亚的手笔。

一个心怀怨毒暴怒无常之辈。

他,跟所有世人的德行一样,

唯利是图,并不顾你们丝毫。

现在来得及补救:你们赶快,

到阿克隆地狱冥河①深坑附近,

明天一大早我们在那儿相聚。

他来是为了问知自己的命运,

把你们的器皿和符咒准备好,

准备好施咒作法的所有物件。

我乘风先行,我要花一整夜,

布下一场毁灭性的死亡结局,

中午之前必须把一切都搞定。

在那明亮的弯弯月轮的一角,

悬垂着一滴空灵的神秘露珠②,

我要在它落地之前把它抓住,

再用魔法巫术将这露珠提炼,

让那些个神鬼精灵听命召唤,

造出来怪力乱神的虚妄幻影,

迷惑中将他引入毁灭的深渊,

要叫他唾弃命运、嘲笑死亡,

---

① 原文为 Acheron, 阿克隆,希腊、罗马神话中的冥河(即阴阳河),泛指阴曹地府。

② 中世纪时,人们认为月亮能滴下一种有魔力的泡沫。

非分奢望理智、美德和敬畏。

你们都知道盲目自信,

乃是人类的一大天敌。

(内歌声。"来吧,来吧,……"①)

听! 在叫我,是我的小精灵;

瞧,在等我,坐着一朵薄云。(下)

女巫甲　　来,我们抓紧布置:她很快就回来。(同下)

---

① 此歌源自英国戏剧家、诗人托马斯·米德尔顿 (Thomas Middleton,1580—1627) 的《女巫》(*The Witch*),歌词为:"来吧, 来吧! / 赫卡特, 赫卡特, 来吧! / 【赫:】来了,来了,来了,来了,/ 尽我最快的速度,/ 尽我最快的速度。"

第六场

弗里斯王宫中一室

（伦诺克斯与另一贵族上。）

伦诺克斯　　　我原先说的跟你想的一样,不过我再说得详
细一些:我只能说,事情这么处理有些古怪。
仁慈的邓肯受到麦克白的哀悼——以圣母
马利亚起誓,他已经死了——非常勇敢的班
柯那么晚还要走夜路;或许您可以说——假
如你愿意这么说——班柯是弗里安斯杀的,
因为弗里安斯已经逃了:人真不该在那么
晚的时候走夜路。会有谁不觉得,玛尔康和
唐纳本杀死他们仁慈的父亲，是何等荒
谬? 该诅咒下地狱的罪恶! 为此麦克白又
是何等悲痛! 他不是出于忠诚的本分,一
怒之下,立刻把那两个玩忽职守的侍卫撕
成碎片了吗? 那是两个饮酒的醉奴、睡眠

的俘虏。这件事不是干得很漂亮吗？嗯，干得也很聪明，因为只要一听到那两个人抵赖，谁心里都会压不住火。所以我说，一切事情他都处理得很好。我在想，要是邓肯的两个儿子被他逮着关起来——（*旁白*）上天降恩，他逮不着他们①——他们一定会明白弑父是何等的罪恶。弗里安斯也一定懂，要是被逮着，该当何罪。话头儿就此打住！我听说，麦克德夫因说话毫无遮拦，又拒不出席暴君的宴会，已被贬黜。先生，您知道他目前在哪儿吗？

贵族　　邓肯的儿子，被这暴君谋逆篡夺了王位继承权，他现住在英格兰宫廷，被最虔敬的爱德华国王②待若上宾，并未因受命运捉弄丢了王位而受到丝毫怠慢；麦克德夫也去那儿了，他是为恳求圣王，帮他唤起诺森伯兰和英勇善战的西华德③的斗志，有这些援军助阵，再得到上帝的恩准，我们可以重新摆桌设宴，安枕眠床，不再恐惧酒宴之上血淋淋的刀剑，获得虔诚的敬

---

①　有莎学家以为，这句插话旁白只是伦诺克斯对观众所说，他的同伴听不到。他以插话的方式，表达私下的愿望。

②　原文为 Edward，即圣王爱德华，是诺曼人征服之前（盎格鲁—撒克逊时代）的英格兰国王，1042—1066年在位，因虔信宗教被封为圣徒。

③　原文为 Northumberland，诺森伯兰，位于英格兰北部的诺森伯兰郡；Siward，西华德，诺森伯兰伯爵之子。

意、接受自由的荣誉①——所有这一切,都是我们现在求之不来的。这消息使国王②极为震怒,他准备为此一战。

伦诺克斯　他派人去传命麦克德夫了?

贵　族　派了,但只得到一句断然回绝:"先生,我不去。"那信使阴沉着脸,转过身,嘴里好像嘀咕一句:"这个回答给我添堵③,你可别到时候后悔。"

伦诺克斯　这倒给他提了醒,叫他多动脑子,小心提防。真希望有位圣天使能先飞到英格兰宫廷,给他报个信儿,如此一来,天降福祉,他即将很快复归,重回我们这个在一只被诅咒的魔掌里饱受苦难的国家④!

贵　族　我愿为他祷告。(同下)

---

①　这里使用"自由的荣誉",意在表明暴君麦克白所给予的荣誉是要绝对服从他的个人意愿,毫无自由可言。又因麦克白弑君篡位,不忠不义,也可译为"忠诚的荣誉"。

②　从后面的剧情看,此时麦克白对麦克德夫逃到英格兰尚不知情,因此,这消息指的是邓肯之子玛尔康在英格兰受到礼遇。这里的国王,指的是麦克白。

③　原文为clogs,原指拴在牛马等牲口腿上防其走失的大块木头,后借此喻指障碍物、累赘。此处,麦克德夫的回绝,让麦克白的信使深感为难,心里像添了个累赘。也可译为:"你的答复使我为难。"此句直译为:你将为此次给了我一个使我烦恼不堪的回答而后悔。

④　一只被诅咒的魔掌,指被人们深恶痛绝的统治者。此句在此指麦克白统治下的苏格兰。

第四幕

第一场

一洞穴中间置放一口煮沸的大锅

(雷声。三女巫上。)

女巫甲　　斑点猫已叫过三声。

女巫乙　　刺猬也已叫过四声。

女巫丙　　怪鹰在叫:时辰到了,时辰到了。[①]

女巫甲　　姐妹们围着大锅转圈走,

　　　　　毒心毒肝毒肺的往里投。

　　　　　冷石头下面那只癞蛤蟆,

　　　　　连续三十一个日夜酣睡,

　　　　　睡出一身汗液带着毒气,

　　　　　先把你丢进魔锅熬成汤。

　　　　　(女巫们围锅起舞)

---

① 第一幕第二场时,女巫甲使唤的妖怪是灰猫怪,此处变成了斑点猫;女巫乙使唤的是蟾蜍精,此处变成了刺猬;女巫丙依然使唤怪鹰。怪鹰是一种鸟身女妖,故朱生豪译作"怪鸟",在希腊、罗马神话中,原是一种身脸似女人,翅、爪似鸟(鹰),生性残忍的怪物。

三女巫

(合)　　　不辞辛劳加倍、加倍干，

　　　　　　火烧大锅，煮沸汤熬烂。

女巫乙　　把一条沼泽毒蛇切成片，

　　　　　　扔锅里煮沸煮浓来熬炼；

　　　　　　水蜥蜴眼睛、青蛙脚趾、

　　　　　　蝙蝠的毛、外加狗舌头、

　　　　　　蝰蛇叉状舌头、蛇蜥刺、

　　　　　　蜥蜴腿、小猫头鹰的翅——

　　　　　　煲一锅魔法神咒浓毒汤，

　　　　　　像一锅沸腾翻滚地狱汤。

三女巫

(合)　　　不辞辛苦加倍、加倍干，

　　　　　　火烧大锅，煮沸汤熬烂。

女巫丙　　豺狼的牙齿，飞龙的鳞；

　　　　　　经千年的女巫干瘪尸身；①

　　　　　　贪婪海鲨的肠胃和喉咙；

　　　　　　深更半夜挖出的毒芹根；②

　　　　　　渎神的犹太人的臭心肝；③

　　　　　　山羊肝胆分泌出的汁液；

---

① 过去有人按迷信的说法，拿干尸用作药物给人治病。

② 毒芹，一种剧毒的植物，夜里其根茎最毒。

③ 因犹太人笃信犹太教，拒绝接受基督教，故称其为"渎神的犹太人"。

月食时砍下的紫杉树苗;①

土耳其人的鼻子鞑靼唇;②

娼妇在沟里私生下来的,

窒息而死的婴儿手指头——

煮一锅黏稠化不开的粥,

另外再添加猛虎的内脏,

熬成我们这一锅杂烩汤。

三女巫

(合)　　　不辞辛苦加倍、加倍干,

火烧大锅,煮沸汤熬烂。

女巫乙　　再加一点狒狒血来冷凝,

魔咒神力汤就大功告成。

(赫卡特上。③)

赫卡特　　啊,大功告成! 谢辛劳;

分享酬劳谁也少不了。

现在让我们绕锅把歌唱,

活像妖魔精灵环成一圈,

给投进的东西都施魔法。

---

① 紫杉本身有剧毒,因人们迷信月食对人是不祥之兆,女巫自然认为月食时砍下的紫杉树苗最具毒性。

② 土耳其人、鞑靼人均不受洗礼,故其鼻,其唇受到女巫的青睐。因为无论犹太人、土耳其人、鞑靼人,在基督徒眼里,都是异教徒。

③ 此处有注释本舞台提示:赫卡特与另三女巫同时上场;之后亦与其同下。

［音乐响起，内歌声："黑精灵……"①（赫卡特下）］

女巫乙　　　　我的拇指有刺痛，

　　　　　　　必有邪人恶汉来——

　　　　　　　无论是谁在敲门，

　　　　　　　打开门锁近前来！

（麦克白上。）

麦克白　　　你们这些隐秘、邪恶、夜里欢的女巫！这个时候在干什么？

三女巫　　　在干一件没有名义的事。

麦克白　　　我以你们黑魔法②的名义恳求——不管你们如何得知——回答我：哪怕你们放纵狂风，任由它与教堂对抗；哪怕翻卷泡沫的巨浪，将海上航行的船只摧毁、吞没；哪怕麦苗折在田里，树木连根拔起；③哪怕城堡崩塌，砸了守卫者的脑袋；哪怕宫殿和金字塔的尖顶，都倾覆在地基之上；哪怕大自然一切造物种子的胚芽顷刻间全部损毁，直到连毁灭本身都心生厌恶——这一切我都不在乎，我只要你们回答我。

女巫甲　　　讲。

---

　　① 这支歌依然源自托马斯·米德尔顿《女巫》，歌的开头是："黑精灵和白精灵，红精灵和灰精灵，/ 混合，混合，混合，尽你们所能混合！"

　　② 即邪恶的巫术。

　　③ 参见《新约·启示录》7:1："我看见四个天使站在地的四极，挡住四面来风，不使风吹到地上、海上或树上。"

麦克白　　你们这些隐秘、邪恶、夜里欢的女巫！这个时候在干什么?
三女巫　　在干一件没有名义的事。

女巫乙　　问吧。

女巫丙　　我们来答。

女巫甲　　说,你是想从我们嘴里得知,还是更愿听命运
　　　　　的神灵①亲自解答?

麦克白　　叫他们出来:让我见识一下。

女巫甲　　　　吃了亲生一窝九个猪崽,
　　　　　　　把这母猪的血倒进大锅;
　　　　　　　再把处死凶犯的绞刑台,
　　　　　　　滴下的汗脂投进火里烧。

三女巫

(合)　　　　来吧,不管级高或级低;
　　　　　　　尽显出巧计神功大本领。

(雷声。第一个幽灵出现,为一戴盔的头颅。②)

麦克白　　告诉我,你这不为人知的神灵——

女巫甲　　你的心事他知晓:你别吱声,只听他来道。

第一幽灵　麦克白!麦克白!麦克白!当心麦克德夫,当心
　　　　　费辅伯爵。说完了,让我走。(下降)

麦克白　　无论你是何方神灵, 我都多谢忠告提醒;你
　　　　　一语道破天机,正中我的内心惊恐。但再说

---

　　① 原文为 Masters, 主人;师父;主管。此处按"命运的圣灵"(the powers of Fate)解。
　　② 在莎士比亚时代的英国舞台, 常以幽灵或鬼魂的出现表现人的幻觉, 其出现、消失一般都通过舞台上活板门的上升、下降来表现。此处戴头盔的头颅,预示麦克白未来的命运,将是头颅被麦克德夫砍下后交给玛尔康。

一句——

女巫甲　　他不听命于人。这儿又来一个,比前一个法力
　　　　　更大。

(雷声。第二个幽灵出现,为一鲜血淋漓的婴儿。①)

第二幽灵　麦克白! 麦克白! 麦克白——

麦克白　　要是我长了三耳朵,三耳朵一起听你说。

第二幽灵　要残忍、大胆、坚决,你只管对人的力量轻蔑一
　　　　　笑,因为没有一个女人所生的孩子伤得了麦克
　　　　　白。(下降)

麦克白　　那就活着吧,麦克德夫:我怕你做甚?但我要
　　　　　把这承诺变成双倍的担保, 我非要得到一纸
　　　　　命运的契约:不能叫你活在世上;你只有死
　　　　　了,我才可以说,那胆怯的恐惧是谎言,哪怕
　　　　　雷霆轰鸣②,我才可以安然入眠。

(雷声。第三个幽灵出现,为一头戴王冠的孩童,手拿一根树枝。③)

麦克白　　这回升起来的是什么?那样子分明是一个国王
　　　　　的后代,在他眉骨之上,还戴着一顶至尊君权
　　　　　的王冠。

三女巫　　嘴里别出声,只听他说。

---

　　① 此处带血的婴儿,暗示麦克德夫不是由母亲产道自然生下,而是剖腹出生的
婴儿。

　　② 雷霆轰鸣,是一种传统的表达方式,以天象特征来表示上帝的发怒。

　　③ 此处,戴王冠的孩童预示班柯的子孙将世代继任王位;手拿树枝,则预示玛
尔康将手拿一根伯南姆(Birnam)森林的树枝在前进。

第三幽灵　　性情要像狮子一样凶猛、骄狂,谁惹你发怒,谁招你气恼,或有谁在哪儿密谋造反,你根本不用理会:若不是有一天,伯南姆大森林的树木移动到邓斯纳恩①的高山上来攻击麦克白,他永远不会被征服。(下降)

麦克白　　那是绝无可能的事:谁有本事征募森林,叫树木把扎在地里的深根拔出来？称心如意的预言,好！叛乱的头颅永不能抬起②,除非伯南姆的树林起来造反,我们至高无上的麦克白将寿终正寝,尽可安心颐养天年,不会死于非命。不过,我悸动的心还想知道一件事:告诉我——假如魔法足以让你们解答我的疑惑——班柯的子孙会不会在这王国君临天下？

三女巫　　别再追问。

麦克白　　我一定要弄明白:你们要不说,愿永恒的诅咒落到你们身上！告诉我——(大锅沉下)那大锅怎么沉下去了？这是什么声音？(奏木箫)

女巫甲　　哑剧！

---

①　原文为 Dunsinane,邓斯纳恩(旧译邓西嫩),是苏格兰东部锡德洛丘陵的一座山,山顶古堡遗迹相传就是当年《麦克白》中麦克白最后被攻破的城堡。伯南姆森林与邓斯纳恩山相隔约十二英里。

②　第一对开本中"叛乱的头颅"(Rebellion's head)为"叛乱者已死"(Rebellious dead),即指班柯,按此,麦克白的言下之意是:埋入坟墓的班柯怎么可能再抬起头来？

女巫乙　　哑剧！

女巫丙　　哑剧！

三女巫　　　给他演哑剧，叫他心忧伤；①

　　　　　来如影而来，去如影而去！

(八代国王②的哑剧表演，最后一位国王手持魔镜，班柯的幽灵紧随其后。)

麦克白　　你太像班柯的幽灵：下去！你的王冠灼伤了我

　　　　　的眼球；你的头发，跟第一个头戴金冠的那位

　　　　　一样；第三个又跟第二个一样；可恶的臭妖婆！

　　　　　你们干嘛要演这个给我看？还有第四个？我的

　　　　　眼珠子，从眼窝里跳出来吧——怎么，一代传

　　　　　一代，莫非真要传到响起最后审判日的雷鸣？

　　　　　又来一个，第七个？我不要再看：可第八个还是

　　　　　出现了，他拿着一面魔镜，镜子里有更多头戴

　　　　　王冠的人，其中有一个左手持两个金球，右手

　　　　　执三根权杖③：令人毛骨悚然的景象！看到这

―――――――――――

　　① 参见《旧约·撒母耳记上》2:33："那未灭之人必使你泣不成声，心中忧伤。"

　　② 哑剧表演的是八代苏格兰王的幽灵从麦克白面前经过。这里假设是班柯之后世袭的八代苏格兰王：罗伯特二世、罗伯特三世及六代詹姆斯国王，最后一位詹姆斯王即 1603 年继任伊丽莎白一世女王、莎士比亚写《麦克白》时在位的苏格兰六世、英格兰詹姆斯一世国王。

　　③ 此处显然是莎士比亚为讨好詹姆斯一世国王的刻意赞美，他把詹姆斯一世比为班柯的后代。国王一般左手象征王权的顶上有十字架的圆球，因詹姆斯一世在加冕成为英格兰国王之前，已是苏格兰詹姆斯六世国王，故他手持双重圆球；又因詹姆斯一世在 1603 年加冕英王之后，成为统一的"大不列颠、苏格兰、爱尔兰之王"，故他右手所执权杖为三重，而非一般的一重。这"双球三杖"也是当时刚颁发的英国国徽。权杖加金球，体现国王是政教合一的领袖。

儿,我算明白:头发上沾满血污的班柯冲我微笑,向他的后世子孙表明,他们将世袭这金球和权杖所象征的王权。(众幽灵消失)怎么!真是这样?

女巫甲　　　是的,尊驾,一切都是这样——

麦克白为何如此困惑又惊慌?

来,姐妹们,为他鼓起勇气,

拿出我们的绝活儿给他演好戏。①

我先施魔法使天空响起乐声,

你们围着他跳起奇异的环舞;

让这位伟大君王慈祥地说出,②

我们对他竭诚欢迎充满敬意。

(音乐。众女巫跳环舞,随后与赫卡特同时隐去。)

麦克白　　　她们在哪儿?走了?愿这不祥的时辰在日历里

---

① 参见《旧约·撒母耳记上》28:21—25:记载古以色列王"扫罗求问女巫"之事,扫罗因怕与非利士打仗,命手下去"找一个巫婆"。扫罗化装后去见巫婆,请求召出撒母耳的亡灵。撒母耳的亡灵告诉扫罗,上帝已"离弃"扫罗。扫罗吓呆了。巫婆见状,对扫罗说:"现在请你也照我要求的做。我给你煮些东西吃,你一定要吃一点才有力气上路。"

② 这里"伟大的君王",是指当时在剧院贵宾席上看戏的国王詹姆斯一世,而非麦克白。在女巫眼里,麦克白不是一位"伟大的君王"。换言之,女巫甲的最后两句独白不是说给麦克白听的。

面永远受诅咒！①

——无论谁在外边，进来！

(伦诺克斯上。)

伦诺克斯　陛下有什么吩咐？

麦克白　　你看见那命运三姐妹了吗？

伦诺克斯　没有，陛下。

麦克白　　他们没从你身边过去吗？

伦诺克斯　的确没有，陛下。

麦克白　　连她们穿行而过的空气都会中毒，凡信她们的都该遭诅咒下地狱！我刚听见迅疾的马蹄声：是谁来了？

伦诺克斯　陛下，来了两三个信使，向您禀报麦克德夫已逃往英格兰。

麦克白　　逃往英格兰？

伦诺克斯　是，陛下。

麦克白　　时间，你竟比我可怕的行动②抢先一步：若非当机立断，永远追不上飞逝的意念。从这

---

①　此处或是对《圣经》中约伯诅咒自己生日的化用，参见《旧约·约伯记》3:1—8："约伯终于打破沉默，开口诅咒自己的生日。/……上帝啊，愿你使那一天变成昏暗。/……愿密云笼罩着它。黑暗遮住阳光。/……愿那些能召唤海怪的人，/那些巫师们出来诅咒那一天。"《耶利米书》20:14："愿我的生日受诅咒！/愿我出母胎的那一天被忘掉！"

②　指要谋杀麦克德夫的行动。

一刻开始，我一定心里最先想到干什么，就第一时间付诸行动。眼下，我要用行动完成我的意念，一想到便立刻动手：我要突袭麦克德夫的城堡，夺取费辅，把他妻儿老小及所有跟他沾亲带故的不幸生命统统杀死。别像个傻瓜似的吹牛皮，在意念变冷之前，我一定要把这事干成。但我不要再看到鬼影幻象！(向伦诺克斯)那几个信使在哪儿？走，带我去见他们。(同下)

第二场

费辅麦克德夫城堡

（麦克德夫夫人，她的儿子及罗斯上。）

麦克德夫夫人　他到底干了什么，非要逃到国外？

罗斯　　　　您一定要沉得住气①，夫人。

麦克德夫夫人　可他一点儿沉不住气：他的逃亡简直是发疯。原本也没干什么大逆不道的事，恐惧之下这么一逃，倒显得我们犯了罪。

罗斯　　　　您并不知道他逃走是明智之举，还是出于恐惧。

麦克德夫夫人　明智之举！能抛妻舍子，把他的宅邸、家产和伯爵尊号都扔了，独自一人远走高飞吗？他不爱我们，他缺少人的天性本能，因为连可怜的鹪鹩——那身形最小的鸟儿，都会为保护巢中的雏鸟与猫头鹰拼上一

_____
① 也可译为：镇静；忍耐。

死。他心里只有恐惧，没有一丝一毫的爱，[1]
也扯不上半点明智，因为他这样逃走，根
本就是与理智背道而驰。

罗斯　　　　　我最亲爱的表姐，请你控制一下情绪。可
要说到你丈夫的为人，他那么高贵、聪明、
有判断力，应该最懂得如何随机应变。我
不敢再说下去，不过世情险恶，我们可能
在自己还搞不清怎么回事的时候，就被定
为叛徒。我们有时相信谣言，是出于内心
的恐惧，可心里又弄不明白到底怕什么，
就像漂浮在狂涛巨浪的海上，只能任由海
浪随处漂流——我先告辞，过一会儿再
来。凡事坏到极致必会自行终止，说不定
还能比以前更有好转——我可爱的表侄，
上帝保佑你！

麦克德夫夫人　他[2]有父亲，可又没了父亲。

罗斯　　　　　我可真够傻的，若再待下去，既丢脸[3]，又

---

　　① 此处或是对《圣经》中"爱"与"惧怕"之间交互关系的活用，参见《新约·约翰
一书》4:18："有了爱就没有恐惧，完全的爱驱除一切的恐惧。所以，那有恐惧的就没
有完全的爱，因为恐惧和惩罚是相关联的。"意思是，麦克德夫心里没有爱，所以，他
只有恐惧，必受惩罚。

　　② 指麦克德夫的小儿子。

　　③ 此处或为罗斯自我暗示：若再待下去，怕被麦克德夫夫人识破他是麦克白的
密探。按另一解释，可译为：若再待下去，我怕是要哭了，会让你心里不舒服。

　　　　　　　　　　让你闹心。赶紧告辞。（下）

麦克德夫夫人　　小子①，你爸死了，你现在打算怎么办？靠
　　　　　　　　什么活着？

麦克德夫之子　　像鸟儿一样活着②，妈妈。

麦克德夫夫人　　什么，靠吃小虫和蝇子活着？

麦克德夫之子　　我意思是说，就像鸟儿一样，逮着什么吃什么。

麦克德夫夫人　　可怜的鸟儿！你从来不怕有人用网和粘胶
　　　　　　　　布下罗网、圈套。

麦克德夫之子　　妈妈，我为什么要怕？那些网、粘胶、圈套，
　　　　　　　　不是为了要捉可怜的鸟儿。不管您怎么
　　　　　　　　说，我爸还活着。

麦克德夫夫人　　不，他是死了。你没了父亲可怎么办？

麦克德夫之子　　不，您没了丈夫可怎么好？

麦克德夫夫人　　唉，随便去哪个店铺我都能买二十个丈夫
　　　　　　　　回来。

麦克德夫之子　　买回来之后，您再卖。

麦克德夫夫人　　这话说得透着机灵。不过，说真的，你这年
　　　　　　　　纪说这话，还算聪明。

麦克德夫之子　　妈妈，我爸是一个反贼吗？

---

　　① 原文为 Sirrah，小子。在此，是父母对儿子的昵称，而非主人对下人的称呼。
　　② 参见《新约·马太福音》6:26："你们看空中的飞鸟：它们不播种，不收获，也不
在粮仓囤积粮食，你们的天父依然养活它们！你们岂不比鸟儿更珍贵？"

麦克德夫夫人　嗯，他是。

麦克德夫之子　什么是反贼？

麦克德夫夫人　反贼嘛，就是亲口立下誓言，又亲手毁了誓言的人。

麦克德夫之子　所有反贼都一样吗？

麦克德夫夫人　凡是这样的，每一个都是反贼，都要被绞死。

麦克德夫之子　凡是毁了自己誓言的人，都得被绞死？

麦克德夫夫人　都得绞死。

麦克德夫之子　谁去绞死他们？

麦克德夫夫人　呃，诚实的人。

麦克德夫之子　这么说，那些发誓又毁誓的人都是傻瓜，因为发誓又毁誓的人太多了，足以打败诚实的人，绞死他们。

麦克德夫夫人　那好，可怜的小猴精，上帝保佑你！但你没了父亲怎么办呢？

麦克德夫之子　假如他死了，你会为他哭；要是不哭，倒是个好兆头，表明我很快将有一个新爸爸。

麦克德夫夫人　满嘴跑舌头，你可真会胡扯！

（一信使上。）

信使　　　　上帝保佑您，尊敬的夫人！尽管我深知您的尊贵地位和名誉，可您不认识我。我是为您担心，有什么危险近在眼前：要是您肯听一个卑微之人的劝告，就离开这儿；

　　　　　　　带上孩子,赶紧逃。这已经吓到您了,我觉
　　　　　　　得我够狠心,但更糟的是,那要加害于您
　　　　　　　的凶残,已经逼近。上天保佑您!我不敢再
　　　　　　　待了。(下)

麦克德夫夫人　我能往哪儿逃呢?我没做过任何伤天害理
　　　　　　　的事。不过,我现在想起来,我活的这个尘
　　　　　　　世,伤天害理常常受赞美,而有时,积德行
　　　　　　　善却被认为是危险的愚蠢。那么,唉,我干
　　　　　　　嘛还要为自己无力辩解,说没干过什么伤
　　　　　　　天害理的事呢? 来的是些什么人?

(数名刺客上。)

刺 客 甲　　　你丈夫在哪儿?①

麦克德夫夫人　我希望,他没待在一个罪恶之地,你们这
　　　　　　　等货色根本找不到。

刺 客 甲　　　他是反贼。

麦克德夫之子　胡说,你这蓬头的恶棍!

刺 客 甲　　　什么,你这个贼崽子?叛徒的小孽种!(刺麦
　　　　　　　克德夫之子)

麦克德夫之子　他杀了我,妈妈! 求您,快逃! (死)

(麦克德夫夫人下,喊:"杀人啦!"数刺客随后紧追。)

　　　　　　　　　────────────────

　　① 刺客受麦克白所派,已得知麦克德夫逃往英格兰,明知故问,意在给麦克德
夫夫人定罪。

麦克德夫之子　他杀了我,妈妈! 求您,快逃!

第三场

英格兰王宫前

(玛尔康与麦克德夫上。)

玛尔康 让我们找个没人的僻静地儿,把压在胸中的悲伤都哭出来。

麦克德夫 还是让我们紧握夺命利剑,像真的勇士那样去捍卫沦丧的祖国:每一个新的黎明,都有新的寡妇在号啕、新的孤儿在哭喊、新的悲痛打在苍天的脸上,发出回响,像是在与苏格兰一起哭泣、忧伤。

玛尔康 我相信的事,我要哀悼;已知道的事,我就相信。凡我能补救的事,只要时机有利,我自然会去补救。你所说的,或许的确如此。这个暴君,一提及他的名字,连舌头都会长疮,我原来以为他很诚实。您跟他交情不错:他没伤

　　　　　　　您一根毫毛。尽管我貌似天真,但我也明白,
　　　　　　　你可以拿我去向他邀功请赏;为满足一个愤
　　　　　　　怒之神①,给他献祭一只柔弱、可怜、无辜的
　　　　　　　羔羊,不失明智之举。

麦克德夫　　　我不是一个背信弃义的奸人。

玛尔康　　　　但麦克白是。即便美德和善良的天性,也有
　　　　　　　可能在国王的严命之下堕落。可我必须恳求
　　　　　　　您原谅,您是怎样一个人,并不会因我的怀
　　　　　　　疑而改变。尽管光明的使者②已从天堂堕入地
　　　　　　　狱,可天使总是光明的;③尽管一切邪行恶事
　　　　　　　都披着美德的外衣,美德本身却依然如故。

麦克德夫　　　我很失望。④

玛尔康　　　　或许正是在这个地方,引起我的怀疑。⑤您为
　　　　　　　什么不辞而别,撇下妻儿不管不顾,让他

---

　　① 愤怒之神,指麦克白。

　　② "光明的使者",指魔鬼撒旦。

　　③ 参见《旧约·以赛亚书》14:12—15:"你这明亮的晨星!你已从天上坠落……哪晓得你一跤跌进阴间,掉入深渊。"《新约·路加福音》10:18:"耶稣说:'我看见撒旦像闪电一样从天上坠落。'"《犹大书》6:"不要忘记那些不守本分、离开岗位的天使,他们被永远解不开的锁链锁在黑暗的深渊里;上帝把他们囚禁在那里,等待审判的大日子。"《启示录》12:9:"那条大戾龙被摔下来;它就是那条古蛇,名叫魔鬼或撒旦,是迷惑全人类的。他被摔在地上;他的使者也跟着被摔下来。"

　　④ 麦克德夫希望玛尔康把他作为朋友,信任他,但玛尔康对他的怀疑尚未消除,他为此感到失望。

　　⑤ 玛尔康怀疑,麦克德夫置家人于不顾,匆匆逃离,一是慑于麦克白的威胁,二是有可能以出卖自己(玛尔康)为代价,换取一家人的性命。这个地方,指苏格兰。

们担惊受怕？他们是激发生命的原动力，是牢固的爱的纽带——请不要以为我的猜疑，是有意叫您丢人出丑，我这也是为了考虑自身的安全。甭管我心里怎么想，您也许真是一个正直的人。

麦克德夫　流血吧，流血吧，可怜的国家！伟大的暴君，因为正义不敢制裁你，你可以放心大胆地稳固基业！戴上你攫取的王冠，这是你法定的名分——再会吧，阁下：就算把这暴君攥在手里的全部国土都给我，再加上富庶的东方，我也不会是您想象的那种奸人。

玛尔康　别见怪，我这样说也不是绝对怀疑您。我想我们的国家陷入奴役之中：它在哭泣，它在流血，每一天都有旧伤添新痕。我也在想，会有许多人高举义旗，拥戴我重获王权；这里，仁慈的英格兰王①已答应借我数千精兵。可是，尽管如此，当有一天我把那暴君的头颅踩在脚下或挑在剑尖之上，而我可怜的国家将在那个继任者的统治下，滋生比以前更多的罪恶；它所遭受的苦难，以及遭罪受苦的方式之多，也会超过以往任何一个时候。

---

① 即在第三幕第六场结尾处提到的"圣王爱德华"。

麦克德夫　　那个继任者是谁？

玛尔康　　　我是在说我自己，我知道，一切的邪恶都在
　　　　　　我心里扎下深根，有朝一日，一旦萌发暴露，
　　　　　　连邪恶的麦克白都会显得纯洁似雪；跟我那
　　　　　　些毫无限度的罪恶一比，我们可怜的国家都
　　　　　　会把他当成一只羔羊。

麦克德夫　　把恐怖地狱里的魔鬼全算上，也没有一个比
　　　　　　邪恶的麦克白更该受诅咒下地狱。

玛尔康　　　我承认，他嗜杀、好色、贪婪、虚伪、狡诈、暴
　　　　　　躁、阴毒，凡能点出名字的罪恶，他一个都不
　　　　　　少；可是我的淫欲既无止境、更没底线：你们
　　　　　　的妻子、女儿，还有家里的保姆、女仆，都无
　　　　　　法满足我性欲的饥渴。我的欲望会压碎一切
　　　　　　节制我淫欲的障碍①；跟这样的货色比，还是
　　　　　　麦克白统治更好一些。

麦克德夫　　在人性上，毫无节制的淫乐纵欲是一种暴
　　　　　　政：它曾使幸福的国王宝座过早空虚，使许
　　　　　　多一国之君垮台倒掉；不过，您不用担心，您
　　　　　　该坐上本该属于您的王位。您可以装得清心
　　　　　　寡欲，私底下偷偷寻欢作乐，世人的眼睛最

---

　　　　①此句暗含性的双关含义，意思是：我一旦燃起欲火，实施强奸，任何女人都难
以幸免。或：我一旦有了强奸的性欲，我的身体便不受控制。

　　　　　　好糊弄。自甘献身的女人多的是；女人们一
　　　　　　旦得知到您如此贪欲好色，便会心甘情愿地
　　　　　　向国王您以身相许，只怕您未必能像秃鹰①
　　　　　　一样，一口吞下那么多献媚求荣的女人。

玛尔康　　　除了这无节制的淫欲，在我的邪恶品性里，
　　　　　　还有一种无法抑制的贪婪，我一旦做了国
　　　　　　王，肯定会为夺取贵族的土地，把贵族们都
　　　　　　杀掉；肯定会索要这个人的珠宝，霸占那个
　　　　　　人的房屋；贪得越多，越会贪心不足，我甚至
　　　　　　会故意制造事端，将善良、忠诚的人陷于不
　　　　　　义，为攫取他们的财富，将他们置于死地。

麦克德夫　　这种贪婪比起像夏天一般火热而短暂的肉
　　　　　　欲②，根扎得更深，也更有毒。我们曾有一些
　　　　　　国王，就死在这把贪婪的剑下。您不必多虑：
　　　　　　苏格兰有丰富的资源，光记在您王室名下的
　　　　　　那些财富，就足以满足您的嗜好。只要您还
　　　　　　有其他美德搭配，贪财什么的都可以容忍。

玛尔康　　　可我什么也没有。一国之君所应具备的美
　　　　　　德，诸如公正、真实、节制、稳重、仁慈、坚韧、
　　　　　　悲悯、谦逊、虔诚、忍耐、勇敢、刚强，哪怕一

---

① 秃鹰，秃鹫，转义指贪婪之人。
② 指青少年男性的情欲像夏天一般，旺盛却不能持久。

丝一毫我都不沾边。而各种罪恶,我不仅一应俱全,实施起来都十分拿手。不仅如此,我一旦王权在握,一定要把和谐的琼浆蜜乳倾入地狱,搅乱全世界的和平,摧毁地球上的一切和谐。

麦克德夫　啊,苏格兰,苏格兰!

玛尔康　这样一个人是否适合治国,您说。我就是这样的人。

麦克德夫　适合治国!不,这样的人就不该活着。啊,不幸的国家,一个篡位的暴君手握染血的权杖,你何时才能重见天日?因为你的王权的合法继承人,用自己的禁令①,把自己打入可诅咒之人的行列,甚至不惜玷污家族血统——您的父王是一位最圣明的君主;生养您的母后,很少见她站着,她总是跪下祈祷,每天都要忏悔。②再会!您自己供认不讳的这

———————————

① 在苏格兰法律中,有一条禁令,可对因心智不全、不节俭等原因造成不能处理自身事务的人,实施限制。此处麦克德夫指责玛尔康"用自己的禁令"实施自我限制,不肯继承邓肯的王位。也可简单意译为:自暴自弃。

②《新约·哥林多前书》15:31:"弟兄们,我天天面对着死!我敢说这话,是因为我们同在主耶稣的生命里,我以你们为荣。"指基督徒每天忏悔(把每天都当成自己临终的时刻),因神恩而获重生。这里暗含着麦克德夫对玛尔康的不屑:怎么一个圣主明君的父王和一个虔敬上帝的母后,竟能生下如此孽障!但此时,麦克德夫并未意识到,玛尔康是在考验他的忠诚。

种种罪恶，已把我从苏格兰放逐。啊，我的心，你重返苏格兰的希望就此断送！

玛尔康　　麦克德夫，您这高贵的激情，源于正直的孕育，它清除了我内心对您邪恶的怀疑，使我相信您的忠诚和名誉。魔鬼般的麦克白为把我诱进他的威权之下，用了许多诸如此类的诡计①，多亏我明智审慎，才没有仓促之中过于轻信；可在你我之间，上帝安排好了一切！②从现在起，我听从您的指导，撤回我刚才说的自我诽谤的话，并在此发誓，对我加在自己身上的污点、罪责一律否认，因为所有这一切都与我的天性毫不相干。我从未沾过女人，从没有违背誓言，就连分内应该享有的东西，也从不贪求。我从不失信于人，哪怕魔鬼，我也不把它出卖给同类，我爱真理不亚于爱生命；我第一次说谎，就是刚才我说自己的那些坏话。那个真实的我，要听从您和我可怜的祖国的命令——您来这儿之前，由老西华德率领的一万精兵已整装完毕，向苏格兰进发。现在，我们一起出发，愿胜

---

① 原指打猎时以肉拖地的诱狼之计，转指布局设套诱人上钩。此处是麦克白想方设法通过贵族们充满同情的劝说，把玛尔康骗回苏格兰。

② 参见《旧约·创世记》31:49—50:"拉班也说：'我们彼此分离以后，愿上帝在你我之间监视。'"《撒母耳记上》20:23:"至于我们的盟约，有上主永远在你我之间作证人。"24:15:"上帝要判断，要断定你我之间的是非。"

利属于我们的正义之师！您为什么不说话？

麦克德夫　这令人愉快和令人不快的事凑在一起，叫我一时难以适应。

(一医生上。)

玛尔康　那好，等会儿再说——请问，国王来了吗？

医生　是的，先生，有一群可怜人在等他治病：他们患的病连神医都无力回天，可让他这么一摸——他手上的神性疗效是上天所赐①——立刻病患全除。

玛尔康　多谢，医生。(医生下)

麦克德夫　他说的是些什么病？

玛尔康　人们管它叫"国王病"②：这位仁慈的国王治疗此病果然无比神奇。自从我来到英格兰，经常见他给人手摸治病。只有他本人最清楚，他是如何祈祷上天，获得这一治病的神力。不过，那些患怪病的人，浑身肿胀溃烂，看着十分可怜，连外科医生都说绝对没治，他却能治；只要他随着神圣的祈祷，把一

---

① 当时人们迷信国王抚摸能治病，詹姆斯一世对此深信不疑。这种疗法即始于"圣王爱德华"。

② 当时，人们把瘰病、淋巴结核、母猪病等疾病迷信地称为"国王病"，并认为，此病经国王或王后的手触摸，即可治愈。

枚刻有圣米歇尔图像的金币①，往他们脖子上一挂，病就好了。据说，他的后代也能世袭这一治病的天赐神佑。除了这个神奇绝技，他还有一种天赋的预言力②，而且，各种不同的祝福盘桓在他的宝座之上，显出他是一位充满恩典的国王。

麦克德夫　看，谁来了？

玛尔康　　是我的苏格兰同胞，可我认不出他是谁。③

（罗斯上。）

麦克德夫　我一向高贵的表弟，欢迎来这儿。

玛尔康　　现在我认出他了——仁慈的上帝，赶快消除这让我们形同陌路的情形吧！

罗斯　　　但愿如此，殿下。

麦克德夫　苏格兰还是老样子？

罗斯　　　唉，可怜的国家——只怕连自己都认不出！不能叫它祖国，它只是我们的坟墓；任何时候，除了一无所知的傻瓜，没有一个人面

---

① 圣米歇尔，即《圣经》中上帝最先创造的四位大天使之一。"圣王爱德华"及其后继者都在病人身上画十字，詹姆斯一世则把金币挂在病人的脖子上。此处是莎士比亚为讨好詹姆斯一世，故意合而为一了。

② 参见《新约·哥林多前书》13:2:"假如我有先知的预言力，有各种知识，洞悉各种奥妙。"

③ 应是玛尔康从服装上认出此人（罗斯）来自故国苏格兰，但可能因罗斯一脸悲伤，竟没能使玛尔康一眼认出他是谁，所以才有下面一句"形同陌路"的话。

带一丝笑容；无处不在的叹息、呻吟、尖叫，习以为常，哪怕撕裂天空，也没人注意；暴烈的悲痛似乎变成一种司空见惯的狂热。丧钟敲响的时候，没人关心它为谁而鸣；好人的生命不等帽子上的鲜花枯萎就已消失[①]，甚至还来不及生病便暴死而亡。

麦克德夫　啊，说得多么详尽，又多么真实！

玛尔康　最近有什么令人揪心的事吗？

罗斯　现在说一小时前发生的惨案，简直是对讲述者的嘲弄，因为消息已经过时：每一分钟都会产生一件新的祸端。

麦克德夫　我妻子还好吗？

罗斯　是的，还好。

麦克德夫　孩子们呢？

罗斯　也还好。

麦克德夫　那暴君还没有毁掉他们的安宁吗？

罗斯　没，我离开他们时，都好好的。

麦克德夫　话别说得这么吝啬，到底怎样？

罗斯　当我把这消息当成悲痛的负担，往这儿赶的时候，一路听到传闻，说有好多德高望重的忠臣都在备战，要揭竿而起。依我看，这传闻

---

① 苏格兰高地的人喜欢把石楠之类的小野花插在帽子上做装饰。

十之八九是真的,因为我亲眼见到那暴君行
进中的军队。现在正是挽救国家的大好时
机——(向玛尔康)您只要在苏格兰一露面,就
能唤出无数的士兵,连女人们也会为摆脱自
身可怕的苦难,奋力一战。

玛尔康　　我们正要回苏格兰,这消息足以安慰人心。
仁慈的英格兰国王①,已把骁勇善战的西华
德和一万精兵借给我们——整个基督教世
界②也找不出第二个像他那样老当益壮的
军人。

罗斯　　　但愿我也有这样令人振奋的消息来回报!可
我的话,要到旷野上独自怒号,不管谁听了,
都无法承受。

麦克德夫　哪方面的事?事关全局,还是谁独自一人的
悲痛?

罗斯　　　凡正直之人听了这件事,无不悲痛万分,但
这事主要关系到您。

麦克德夫　既如此,就别瞒我,快告诉我。

罗斯　　　别叫你的耳朵永远憎恶我的舌头,因为我的
舌头要叫您的耳朵闻听它从未听过的最

---

① 即"圣王爱德华"。
② 指当时所有信奉基督教的国家。

惨痛的声音。

麦克德夫　哼！我猜到了。

罗斯　　　您的城堡遭袭击,您的妻子、儿女都死得很惨。要是我把他们被杀的详情讲给您,那就得在这些被杀亲人的尸堆上①,再加您一条命。

玛尔康　　慈悲的上天——怎么,男子汉,别拉低帽子遮住额头②,把心里的悲伤都倒出来;无言的悲痛会向内心悄然倾诉,它能把不堪重负的心击碎。

麦克德夫　我的孩子们也都?

罗斯　　　他们见人就杀,您的妻子、孩子、仆人,全都死了。

麦克德夫　我又非得离开家不可! 我妻子也被杀了?

罗斯　　　我说过了。

玛尔康　　放心吧——让我们用伟大的复仇这剂良药,来疗愈这惨烈的悲伤。

---

　　① 因 deer(鹿)与 dear(亲爱的人)谐音,故此,可有另一种直译:"那就得在这些像狩猎场上被杀的驯鹿一样的尸堆上。"
　　② 一种传统表达悲伤的方式是,以帽遮面,强忍心中的悲痛。

麦克德夫	他没有孩子。①我的乖宝贝全死了？你是说一个不剩？啊，地狱的恶鹰！都抓走了？②怎么，我所有可爱的小雏鸡，连同他们的母亲，一下子就被那猛扑下来的恶鹰，全都残忍地抓走了？③
玛尔康	要像条汉子一样去抗争。
麦克德夫	我是要这样做，可我必定是一个人，有人的情感：我怎能忘怀我的妻子、儿女，他们是我生命中最宝贵的亲人。难道目睹这一幕惨剧的上天，竟无动于衷吗？罪孽深重的麦克德夫！他们都因为你被残杀——我是一个有罪的人，他们之所以惨遭杀戮，并非因为他们有什么错，而是因为我的罪孽。此刻，愿上天让他们安息！

---

① 此句历来有三种解释，一、"他"指玛尔康，因其没孩子，故不能深切体会麦克德夫的丧子之痛，这种痛仅凭复仇"这剂良药"难以治愈；二、"他"指麦克白，因其膝下无子女，故能如此残忍无情地屠杀别人的儿女；三、"他"亦指麦克白，因其无儿无女，麦克德夫无从以杀麦克白的儿女来复仇。按当时传统的复仇观念，似以第三种解释最为贴切。即麦克德夫的潜台词是：他没有孩子让我来杀了复仇。

② 地狱的恶鹰，指像魔鬼般残忍之人。此处，指麦克白就是地狱的恶鹰，抓走了麦克德夫所有的孩子。

③ 参见《旧约·申命记》22：6—7："如果你们偶然发现树上或地上的鸟巢，巢里有母鸟在孵蛋，或跟小鸟在一起，不可把母鸟拿走。你们可以带走小鸟，但要放母鸟走，你们就会事事顺利，并享长寿。"麦克德夫或在此用《圣经》典故（即律法书对犹太人的要求），强调麦克白的残忍绝情，必不得好死。

玛尔康	把这悲伤变成您那把利剑的磨刀石,化哀痛为愤怒:别让您的心麻木不仁,要激怒它。
麦克德夫	啊,我可以让我的眼睛流淌女人的泪水,同时我的舌头也能夸夸其谈!可是,仁慈的上天,斩断一切延宕,快叫我与这个苏格兰恶魔面对面;让我的剑尖能够刺到他;假如他逃得了,那上天就宽恕他!
玛尔康	这话硬气,像汉子说的。来,我们去见国王。我们的军队已准备完毕:现在一切就绪,只等英王一声令下。麦克白摇摇欲坠,连神圣的力量都激励我们拿起武器。 您可尽享欢心与宽慰: 漫漫长夜终将见黎明。(众下)

第五幕

第一场

邓斯纳恩城堡中一室

(一医生及麦克白夫人的侍女上。)

医生　我和你一起熬了两夜,你所说的病情没有一点迹象。她上一次梦游是什么时候?

侍女　自陛下上战场以后,我就见她从床上起来,披上睡衣,打开密室,取出信纸,折一下,然后写了什么,又读一遍,封上,再回到床上;可这段时间,她一直睡得很死。

医生　这是一种身心的大骚乱——一面安享睡眠,一面又像醒着一样做事!她在这次梦游的神经性活动中,除了走路和其他一些动作,你可听见她——在什么时候——说过什么话?

侍女　先生,这我可不能背着她告诉您。

医生　你可以跟我说;这才是你最该说的。

侍女　不仅对您,对谁我都不能说,没人能证实我说

| 麦克白夫人 | 洗了半天，这儿还有一点血污。 |
| 医生 | 听！她说话了！ |

的话。

(麦克白夫人手拿一支蜡烛上。)

侍女	您看,她来了! 就是这样子——我以生命起誓,她还睡得很熟。注意看:她把自己藏起来了。(医生、侍女站到一边)
医生	她哪儿来的那支蜡烛?
侍女	唉,就在她身边。蜡烛整夜都点着:这是她的命令。
医生	看她的眼睛还睁着。
侍女	是,可她的视觉却关着。
医生	她这会儿在做什么?看,两只手在互相搓。
侍女	她经常这么搓, 那样子好像是在洗手,我见她有一次就这么没完没了地搓,搓了足有一刻钟。
麦克白夫人	洗了半天,这儿还有一点血污。
医生	听!她说话了!我要把她的话记下来,以便事后确认我的记性不错。
麦克白夫人	去,该死的血污!我叫你,去!一点钟,两点钟①:那么,现在该动手了——地狱如此黑暗!呸,我的丈夫,呸!一个军人,也会害

---

① 这是麦克白夫人在梦游的幻觉里,在想象当初谋杀邓肯时城堡里的钟声。另一种可能是,她想象这钟声是给麦克白发出动手的信号。

怕？明知道没人有权力对我们兴师问罪，我们干嘛还怕人知道——可谁能想到，这老头儿会流那么多的血？

医生　　　你注意听了没有？

麦克白夫人　费辅伯爵①曾有过一个妻子：她现在何处？怎么，这两只手再也洗不干净吗——别那样了，我的丈夫，别那样了：你这神经过敏的一乍呼，把一切都搞砸了。

医生　　　唉，唉，原来不该你知道的事，你②早就知道。

侍女　　　她说了她不该说的，这一点我敢肯定：天知道她心里藏了什么。

麦克白夫人　这儿还有血腥味儿。怎么所有阿拉伯的香料连这一只小手都熏不香？啊！啊！啊！

医生　　　这是一声怎样的叹息！心里压了太多苦痛。

侍女　　　哪怕为了全身的尊荣，我也不愿胸膛里窝藏这样一颗心。

医生　　　好，好，好——

侍女　　　先生，祈祷上帝叫它好。

医生　　　这种病我可没治。不过，我知道有些梦游的人，最后还是虔诚地死在床上。

---

①　费辅伯爵，即麦克德夫。
②　一种解释认为，这句话并非医生对侍女所说。此处的"你"，更有可能是指麦克白夫人。

麦克白夫人	把你的手洗净，穿上睡衣，别脸色这么苍白——我再跟你说一遍，班柯已经下葬，他不可能从坟墓里冒出来。
医术	真有这样的事？
麦克白夫人	上床，上床。有人敲门。来，来，来，来，把手给我：干了就干了。上床，上床。（下）
医术	她会现在就上床吗？
侍女	立刻。
医生	外面有许多谣言。反常的行为必定滋生反常的苦恼：负疚的心会将它的隐秘向耳聋的枕头诉说；比起一个医生，她更需要牧师①——上帝啊，上帝宽恕我们所有人！照顾她：把所有能伤害到她的东西，都从身边拿走，眼睛要一直盯着她。好吧，晚安！ 　目迷心乱，她叫我大吃一惊； 　心有所想，却不敢吐露真情。
侍女	晚安，好心的医生。（同下）

---

① 指需要向神父忏悔罪恶。

第二场

邓斯纳恩近郊

（旗鼓先导。蒙蒂斯、凯恩内斯、安格斯、伦诺克斯及士兵等上。）

蒙蒂斯　　　由玛尔康和他叔叔西华德，还有那位高贵的麦克德夫率领的英军，已经逼近，他们的心头燃着复仇的烈焰。哪怕死人①，也会被他们复仇的怒火烧醒，跟他们一起披肝沥胆、浴血奋战。

安格斯　　　我们会在伯南姆森林附近遇见他们——那是他们的必经之路。

凯恩内斯　　有谁知道唐纳本是否跟他哥哥在一起？

伦诺克斯　　我敢肯定，先生，他们不在一起。我这儿有一份英军中所有贵族的名单，里面有西华德的

---

①　参见《新约·罗马书》8:1："基督若在你们心里，身体即便因罪而死，上帝的灵却使你们复活。"

儿子,还有许多连胡子都没长出来的青年,尽管如此,他们誓言,初上战阵,一展雄风。

蒙蒂斯　　　那暴君怎么样了?

凯恩内斯　　他把邓斯纳恩城堡的防御工事修得异常坚固。有人说他疯了,也有并不怎么恨他的人,说这是愤怒之勇,但可以肯定,他无法掌控这支不义之师①。

安格斯　　　他现在感到阴谋暗杀的血污紧紧沾在手上,每一分钟都在反叛,痛斥他篡夺王位的不忠。他那些部下只是奉命行动,谁也不是出于忠心。他现在觉得套在身上的尊号并不牢靠,活像一个侏儒小偷,穿了一件巨人的袍子。

蒙蒂斯　　　当他整个心灵都在判自己有罪的时候,还有谁能怪他神经错乱、一惊一乍、蹿来跳去呢?

凯恩内斯　　那好,我们出发,到真该我们尽忠效命的地方,去迎接治愈国体重病的良医②,让我们为救治国体的疾患,跟他一起,倾洒每一滴热血③。

---

　　① "不义之师"的双关意,可能指麦克白所患的水肿病,若此,则直译为:"他没办法自我控制住他的水肿病。"还有一种译法:"他控制不住自己病态的激情。"
　　② 指玛尔康。另一解为"药物",则可译为:"去迎接治愈国之重病的良药。"
　　③ 意思是要以血为药,救治国家的疾患。用泻药给病人排毒治病,是中世纪惯用的一种方法。

伦诺克斯　　　　或要看国家需要我们倾洒多少热血，

淹没杂草，用露珠滋润王权的鲜花。

向伯南姆开拔。（率军前进，众下）

第三场

邓斯纳恩城堡中一室

（麦克白、医生及侍从等上。）

麦克白　　不必再来禀报，让他们①一个一个都逃走——
　　　　　只要伯南姆的树木不移到邓斯纳恩，没什么能
　　　　　给我吓出病来。玛尔康那小子算什么？他不是
　　　　　女人生的吗？那预知人类生死结局的精灵，曾
　　　　　这样向我宣告："别怕，麦克白，因为没有一个
　　　　　女人所生的男人伤得了你。"②——只管逃走，
　　　　　不忠的伯爵们，去跟那些英格兰吃货③鬼混吧！
　　　　　　我的意志主宰一切，我的心灵承受一切，
　　　　　　它们永不因疑虑而消沉，因恐惧而动摇。

（一仆人上。）

---

　　① 指那些遗弃了麦克白的伯爵。
　　② 参见《旧约·约伯记》14:1："人乃女人所生，生命短暂，患难苦多。"
　　③ 在传统苏格兰人眼里，英格兰人以贪吃出名。还有一解，以为英格兰人都是
酷爱奢侈品享乐主义者，则可译为："去跟那些享乐主义的英格兰鬼佬厮混吧。"

麦克白　　你这面色惨白一脸惊恐的蠢货,愿魔鬼把你的脸咒黑!你这副笨鹅似的傻样,是打哪儿来的?

仆人　　　有一万——

麦克白　　有一万只鹅吗,笨蛋?

仆人　　　一万精兵,陛下。

麦克白　　你这个胆小鬼①,去把脸刺破,让血染红你一脸的恐惧。什么精兵,傻瓜?你该死的灵魂!瞧你这张白脸倒还真吓人。什么精兵呀,苍白脸儿?

仆人　　　禀陛下,是英格兰精兵。

麦克白　　滚,别再让我见你这张脸。(仆人下)西顿!②我一见那样的脸色, 心里就难受——我在叫你,西顿!这一仗对我来说,要么王权永固,要么立即下台。我活够了:我的生命已像那枯黄的秋叶,日渐凋零。凡老人所该享有的那些,什么尊荣、敬爱、孝顺以及成群结队的朋友,我都没了指望;相反,代替这一切的,是深一句浅一句的诅咒,耍嘴皮子的奉承,以及可怜的人们真心想说、却不敢不说的假话——西顿!

---

　　① 原文为 Lily-livered,胆小的。中世纪时,人们通常把肝脏视为勇气之源,即肝红则有血气之勇,而肝色如百合花一样洁白,则血气之勇完全丧失。也可译为:"你这吓破了胆的小子。"
　　② 原文为 Seyton,西顿,发音与"Satan"(撒旦)相近,或是莎士比亚有意为之,欲将西顿比为魔鬼撒旦。另,西顿一家是世袭的苏格兰王携盔甲的侍臣。

(西顿上。)

西　顿　　陛下有何吩咐？

麦克白　　还有别的消息吗？

西　顿　　陛下，所有的禀报均已证实。

麦克白　　不杀到我的肉从骨头上一片一片砍下来，决不
　　　　　罢休。拿我的盔甲。

西　顿　　这会儿还用不着。

麦克白　　我要穿上——多派骑兵，四处巡查；谁嘴里敢
　　　　　说个"怕"字，就吊死谁——给我盔甲。(西顿递上
　　　　　盔甲)(向医生)医生，你的病人情况怎样？

医　生　　也不算什么病，陛下，她只是被脑子里不断涌
　　　　　现的幻象，搅得不得安宁。

麦克白　　要治好她这个病。莫非你治不了一颗患病的心
　　　　　灵，没办法从记忆里拔除一种根深蒂固的悲
　　　　　伤，擦掉牢牢刻在脑子里的烦恼，用一些甜美
　　　　　的使人忘忧的解药，把堵在她胸间、压在她心
　　　　　头的那些危险东西，清理干净吗？

医　生　　这个病只能患者自己治。

麦克白　　那就把药扔了喂狗——我什么药也不用。(向侍
　　　　　从)来，给我穿盔甲：把我的长矛拿来——西顿，
　　　　　多派骑兵——医生，伯爵们都从我身边逃走
　　　　　了。来，赶快。医生，假如你能给我们的国家
　　　　　验个尿，查出它的病根，用泻药替它清肠洗

麦克白　　要治好她这个病。莫非你治不了一颗患病的心灵？

胃①，把它治得康健如初，我一定要放声赞美
你，让空中的回响一声接一声地赞美你。(向侍
从)喂，脱掉②——(向医生)什么大黄、番泻叶③，
还有什么泻药，能把这些英格兰人从我眼前清
干净？你听到他们的消息吗？

医　生　是的，陛下：您调动军队，我们自然听到一些
　　　　消息。

麦克白　(向西顿或侍从)随后给我送来④——
　　　　　　我不害怕死亡，也不害怕覆灭；⑤
　　　　　　只怕伯南姆森林移到邓斯纳恩。

医　生　(旁白)但愿我能安全逃离邓斯纳恩，
　　　　　　赚钱再多也休想把我拽回来。⑥(同下)

---

　　①用泻药或放血，是当时人们通常使用的一种治疗病体的方法。

　　②指脱掉盔甲。也许是刚穿上的那件盔甲不合身。但随后麦克白又命侍从给他
盔甲。可见，此时他已处于一种既紧张又激动的极度焦躁不安之中。

　　③大黄、番泻叶，都是润肠通便的轻泻药。

　　④即上面所提，指"随后给我送盔甲来"。

　　⑤也有将"覆灭"解作：毁灭；谋杀；祸患；邪恶等等。

　　⑥医生的传统动机是有利可图。

第四场

伯南姆森林附近乡野

(旗鼓先导。玛尔康、西华德、麦克德夫、蒙蒂斯、凯恩内斯、安格斯、伦诺克斯、罗斯及士兵等列队行进上。)

玛尔康　　各位亲朋①,我希望大家睡在卧室②安眠无忧的日子已近在眼前。

蒙蒂斯　　我们一点儿也不怀疑。

西华德　　前面这片是什么林子?

蒙蒂斯　　伯南姆森林。

玛尔康　　让每个士兵砍下一棵大树枝, 举在自己眼前: 这样可以把我军的人数藏起来,叫刺探军情的探子③做出误判。

士　兵　　遵令。

---

① 旧译为:诸位皇兄御弟;或:各位爱卿。
② 玛尔康这样说,是因其父王邓肯在自己的卧室被麦克白谋杀。
③ 指麦克白派到前敌刺探英军军情的探子。

西华德　　我们得到的情报,无一不在说,那个自信的暴
　　　　　君在邓斯纳恩按兵不动，静候我们兵临城下
　　　　　再拼死一战。①

玛尔康　　这是他唯一的指望,因为他的部下——别管高
　　　　　低贵贱——都反叛他，瞅准机会便弃他而去;
　　　　　就连那些被逼无奈的,也都口是心非,没有一
　　　　　个人愿跟他出战。

麦克德夫　等探明实情以后,我们再做判断,我们要表现
　　　　　出忠心尽职的军人操守。

西华德　　　　时机已到,决策运筹别错过,
　　　　　　胜败得失,不久即将见分晓。
　　　　　　凭空推想,是没落实的希望,
　　　　　　最终结局,只能靠这场血战。
　　　　　让我们继续战斗,前进! (众列队行进下)

---

　　① 麦克白担心一旦攻出城,士兵会大量逃亡,故坚守不出,静待英军兵临城下
再决一死战。

第五场

邓斯纳恩城堡内

（旗鼓先导。麦克白、西顿及士兵等上。）

麦克白　　把我军的旗子挂到城墙外面，到处都是"他们来了"的喊声，我们坚固的城堡足以嘲笑敌人的围攻；让他们躺在这儿，等饥饿和疟疾把他们吃光。要不是本部兵马反戈一击增援他们，我们完全可以大胆出击，面对面地厮杀，把他们打回家去。（内女人的哭喊）这是什么声音？

西顿　　　我尊贵的陛下，是女人们的哭喊。（下）

麦克白　　我几乎忘了惊恐的滋味。要是从前，听到夜里一声尖叫，我会吓得浑身冰冷；听到一个恐怖故事，头发根都像活了似的全都竖起来。我尝够了惊恐的苦头儿①：惊恐，已经跟我的杀戮

①指班柯的幽灵时时令麦克白惊恐不已。

之心混熟，任何时候都休想再吓唬我。(西顿重上)(向西顿)那哭声是怎么回事？

西顿　　陛下，王后死了。

麦克白　不定哪一天，她势必会死，早晚会听到她的死讯——明天，明天，又明天，时间就这样一步步日复一日地往前爬行，直到光阴耗尽最后一秒钟；所有的昨天，没有一天不是照耀着傻瓜们踏向归入尘埃的死路。①灭掉，灭掉，短瞬的烛光！②人生不过一个行走的影子③，一个可怜巴巴的演员，他把岁月全花在舞台上装模作样、焦躁不安地蹲来跳去，一转眼便销声匿迹：它是蠢蛋嘴里的一个故事④，充满喧哗与狂乱，却毫无意义。

---

　　① 参见《旧约·创世记》3:19："因为你是从土而生；你本是尘土，仍将归于尘土。"重归尘土，意即死亡之路。

　　②《圣经》中以光或灯的熄灭比喻生命的结束。参见《旧约·约伯记》18:5—6："恶人的光必将熄灭，他的火焰不再燃烧。他帐篷里的光暗淡了，挂在上面的灯也要熄灭。"21:17："邪恶之人的灯何尝熄灭过？"同时，《圣经》中也用亮光比喻生命的闪耀，参见《诗篇》18:28："上帝啊，你赐给我亮光；/ 我的上帝为我驱除黑暗。"

　　③ 参见《旧约·诗篇》39:6："人生如影，一切操劳皆枉然。"144:4："人好似一口气，岁月如影，转瞬即逝。"《约伯记》8:9："我们不过昨天，一无所知；/ 世间岁月，如影即逝。"14:1："生命如影，飞逝即过，不能存留。"《历代志上》29:15："我们的岁月飞逝如影，谁都无法逃避死亡。"《诗篇》102:11："我的生命好似黄昏的暗影，/ 枯干如草。"《传道书》8:13："作恶之人无福可言。他们的生命如影。"《智慧篇》2:5："我们的生命好似飞逝而过的阴影，无法从死亡中回返，一旦盖好印记，无人能回头。"

　　④ 参见《旧约·诗篇》90:9："我们经历的岁月好似被人讲述的一个故事。"

（一信使上。）

麦克白　　你是来报信儿的？什么消息快说。

信使　　　仁慈的陛下①,我理应将我亲眼所见从实禀报,

　　　　　可不知该怎么说？

麦克白　　噢,说吧,先生。

信使　　　我在山头守望的时候，朝伯南姆那边一看,忽

　　　　　然感觉好像整个森林都在移动。

麦克白　　胡说八道,狗奴才!

信使　　　若有半句假话,甘愿受罚。不信您自己去看,离

　　　　　这儿已不到三英里——要我说,是一座活动的

　　　　　森林。

麦克白　　你要是撒谎,我就把你吊在最近的这棵树上活

　　　　　活饿死;假如你没骗我,就算你照这样把我吊

　　　　　在树上饿死,我也不在乎——我的决心开始动

　　　　　摇, 我怕那三个女巫所说的似是而非的暧昧

　　　　　话,真会一语成谶:"只怕伯南姆森林移到邓斯

　　　　　纳恩。"——眼下,真有一座森林移到了邓斯纳

　　　　　恩——拿起武器、拿起武器,出战!

　　　　　　　眼前若真出现她们说的结果,

　　　　　　　那可真就无处可逃无处可躲——

　　　　　　　我已开始对太阳心生厌恶,

---

①　此处是信使对麦克白国王的敬称。

但愿这整个王国就此倾覆——

敲响警钟！吹吧狂风！来吧毁灭！

至少我们要身披盔甲、战死沙场。（众下）

第六场

邓斯纳恩城堡前平原

（旗鼓先导。玛尔康、老西华德、麦克德夫等率军各持树枝上。）

玛尔康　　现在足够近了。扔下手中遮挡的树枝,露出你们的军人本色——您,我尊敬的舅父①,率领我的表弟、您血统高贵的儿子,先打头阵;其他一切都由我②和可敬的麦克德夫,按我们的作战计划来完成。

西华德　　再会——

　　　　　只要今晚与暴君的部队狭路相逢,

　　　　　若不能一战而胜,索性大败而归。

麦克德夫　鼓足气力:所有的军号一齐吹响;

　　　　　让它预先吹出敌人的流血和死亡。（众下）

---

① 西华德是玛尔康的舅舅。

② 此处的"我"为"朕"之意。

第七场

邓斯纳恩平原上的另一处地方

(战斗号角。麦克白上。)

麦克白　　　他们已把我捆在一根树桩上,我逃不掉,只能像熊一样拼死抗拒①——难道真有谁不是女人生的?凡是女人生的,我谁都不怕;我只怕有谁不是女人生的。

(小西华德上。)

小西华德　　你叫什么名字?

麦克白　　　说出名字吓死你。

小西华德　　哪怕你的名字比地狱里的魔鬼更邪乎,我也不怕。

---

① 斗熊是伊丽莎白女王时代英格兰流行的一种游戏,先用铁链将熊拴在斗熊场的大柱子上,然后放出四五条凶恶的狼狗上前轮流撕咬,熊因被铁链拴住,虽拼死抗拒,却只能越斗越吃亏,反之,狼狗则愈战愈勇,最后将熊咬死。此处,麦克白用已被拴在柱子上的熊自喻,可见对前景已不抱希望。

麦克白　　　我叫麦克白。

小西华德　　连魔鬼自己也报不出一个比你的名字钻进我耳中更叫人痛恨的名字。

麦克白　　　没错，他也报不出更吓人的名字。

小西华德　　胡扯，你这可憎的暴君！我要用剑来证明你信口雌黄。（二人交战，小西华德被杀）

麦克白　　　原来你是女人生的——

　　　　　　　凡女人所生之人，利剑出鞘，

　　　　　　　我一律嗤之以鼻，付之一笑。（下）

（战斗号角。麦克德夫上。）

麦克德夫　　喊杀声在那边——暴君，你给我出来！假如你已被人所杀，而没死在我的手里，我妻子儿女的幽灵永远不会放过我。我不能砍杀那些可怜的轻装步兵①，他们手执长矛只是受雇于人；我要杀的是你，麦克白，若非如此，我会把我还没卷刃的利剑插入鞘中，不沾血腥。你肯定在那边，听这高声呐喊，想必有哪个头面人物出阵——命运女神，让我找到他吧！除此之外，我别无所求。（下。战斗号角）

（玛尔康及老西华德上。）

西华德　　　殿下，走这边——城堡已不战而降：刚一开

---

　　①这里指麦克德夫骑着马，身披盔甲，而麦克白的步兵只是轻装，他不忍杀他们，在麦克德夫眼里，他们只是受了麦克白的雇佣。

战,暴君的部下便纷纷弃他而去;这一仗,高
贵的伯爵们都打得十分勇敢;战斗几乎自行
结束,胜利是属于您的,可做之事所剩无几。

玛尔康　　我们遇到的敌人,竟然同我们一起并肩作战。

西华德　　殿下,请进城堡吧。(下。战斗号角)

(麦克白重上。)

麦克白　　我凭什么要像罗马的傻瓜①那样, 死在自己
的剑下？我看见还有敌人活着,把剑砍在他
们身上岂不更好？

(麦克德夫上。)

麦克德夫　转过身来,地狱里的猎狗,转过来!

麦克白　　在所有人中我唯独避开了你,你还是回去吧——
我的灵魂已背负了你一家人太多的血。

麦克德夫　我跟你没话讲,——你这个非言语所能描述
的、该受诅咒的恶棍! 我的话全在我剑锋之
上。(二人交战。战斗号角)

麦克白　　你白费力气。叫我流血,那就像你想用锋芒
的利剑, 给不怕砍的空气划出伤痕一样难。
让你的剑锋落在脆弱的头上：我有符咒护
佑,命中注定但凡女人所生,没人伤得了我。

---

① 指古罗马将军在失败之时为避免被俘而自杀的做法。比如,古罗马大将布鲁
图斯(Brutus)和安东尼(Antony),均于战败后自杀。

麦克德夫　　　别指望什么符咒，让一直侍奉你的天使①亲
　　　　　　　口告诉你：麦克德夫还没足月，就从娘肚子
　　　　　　　里剖了出来。

麦克白　　　　愿说出这句话的舌头遭诅咒，因为它吓得我
　　　　　　　丧失了男子汉的勇气！千万别再信那些骗人
　　　　　　　的魔鬼，他们拿有双重意义的暧昧话耍我
　　　　　　　们，只顾嘴皮子信誓旦旦地过瘾，却让我们
　　　　　　　的希望破灭——我不跟你交手。

麦克德夫　　　那就投降吧，懦夫，叫你活着，好在公众面前
　　　　　　　出丑——我们要把你画成一头稀奇的怪物，
　　　　　　　用一根杆子挑着你的画像，下面写着"请来
　　　　　　　此观看暴君"。②

麦克白　　　　我不投降，我不能在小玛尔康的脚下屈服③，
　　　　　　　任由那帮乌合之众随意诅咒唾骂。尽管伯南
　　　　　　　姆森林已经移到邓斯纳恩，尽管你这非要跟

---

　　　① 指主宰个人神灵的天使。可意译为：让主宰你神灵的撒旦亲口告诉你。源自
中世纪的宗教表述，当时，人们认为每人都有自己的守护天使，分善恶两种。恶天使
指"路西法"(Lucifer)，这是魔鬼撒旦因高傲被上帝从天堂赶出之前的名字，意思是
"早晨之子""晓星"或"晨星"。在此，麦克德夫要明确指明，麦克白的守护天使就是那
被上帝逐出天堂的堕落天使"路西法"(魔鬼撒旦)。参见《新约·马太福音》18：10：(耶
稣说：)"你们要小心，不可轻视任何一个微不足道的人，我告诉你们，在天上，他们的
天使常常侍立在我天父的面前。"《使徒行传》12：15："上帝差遣天使，救彼得脱离了
希律王之手，前往约翰马可的母亲马里亚家，婢女报信儿，那里的门徒不信。他们说：
'你发疯了。'那婢女坚持确有此事。他们就说：'那一定是他的天使。'"
　　　② 在伊丽莎白女王时代，流行将怪物的画像挂在杆子上以招揽顾客。
　　　③ 可直译为：我不能匍匐着亲吻小玛尔康脚下的泥土。

我交手的东西,偏又不是女人生的,我也要决
一死战——我把盾牌挡在身前。猛攻吧,麦克
德夫,谁先喊"够了,住手",谁就该受诅咒下地
狱!(二人在奋战中同下。战斗号角)

(退军号。喇叭奏花腔。旗鼓先导,玛尔康、老西华德、罗斯、众伯爵及士兵
等上。)

玛尔康　　真希望还没见着的朋友都能安然返回。

西华德　　总有人难免一死,不过,叫我照今天的情形来
　　　　　看,如此大胜算很便宜。

玛尔康　　麦克德夫一直没见着,还有您高贵的儿子。

罗斯　　　(向西华德)老将军,您儿子已经战死。他才刚刚
　　　　　长成一个男人,就死了;他也才刚开始以英勇
　　　　　无畏的拼杀,证明自己的勇敢,就像一个男子
　　　　　汉那样死了。

西华德　　这么说他死了?

罗斯　　　是的,尸体已从战场搬走。您千万别拿他的高
　　　　　贵品性来衡量自己的悲伤,那将永无尽头。

西华德　　他的伤在前面?

罗斯　　　是的,在前面。

西华德　　如此,那就,愿他做上帝的战士!哪怕我有像头
　　　　　发①一样多的儿子,我也不指望他们能有比这更

---

①　原文 hairs(头发)与 heirs(继承人)同音双关。西华德的意思是,哪怕自己有
无数的继承人。

麦克白　我也要决一死战——我把盾牌挡在身前。猛攻吧，麦克德夫。

壮丽的牺牲：这就算是为他敲响的丧钟①。

玛尔康　　他应受到更多哀悼，我来安排治丧。

西华德　　他不值得再受哀悼。他们说，他是慷慨赴死，
　　　　　欠债已还，因此，愿上帝与他同在！这儿又来
　　　　　了新的告慰。

(麦克德夫手执麦克白首级重上。)

麦克德夫　万岁，国王②！因为您就是国王。看，枪尖上插
　　　　　着的，是篡位者那颗该下地狱的人头：人民
　　　　　自由了。我眼见王国的精英贵族③拥绕在您
　　　　　周围，他们都像我一样，从心底向您致敬。
　　　　　我希望他们跟我一起高呼——万岁，苏格
　　　　　兰国王！

众人　　　万岁，苏格兰国王！(喇叭奏花腔)

玛尔康　　用不了多久，我就会弄清各位的忠诚，还要
　　　　　论功行赏，只有这样，我才心安。各位王亲国
　　　　　戚，从此一律晋升伯爵④——自苏格兰开国
　　　　　以来，如此加爵盛典，这还是第一次。万象更
　　　　　新，事不宜迟——像那些因逃避暴政肆虐、

---

① 这句话的意思是：我没什么可说的了。

② 麦克德夫称呼的国王，即玛尔康。

③ 这句话中的"精英贵族"，以"pearl"(珍珠)这一集合名词来表达，意在将聚集在玛尔康周围的苏格兰上层贵族，比为镶嵌环绕在王冠上的珍珠。

④ 在此之前，"伯爵"(Thane)属于古苏格兰的贵族称号，大致与英格兰的"伯爵"(Earl)相当。在此，玛尔康将"各位王亲国戚"正式封为"Earl"(伯爵)。

流亡海外的朋友们,要立即召回;这个屠夫
虽然死了,但还要把他那些凶残的酷吏及其
恶魔般的王后,一个一个全都搜出来。不过
据说——这妖婆已用她那双行凶的手,要了
自己的命——

　　除此之外,一切需引起重视的事,

　　上帝恩助,我分时、分地去处置。

　　既然如此,向辛劳的各位表达谢意,

　　诚邀大家,到斯贡观赏加冕典礼。(喇叭
奏花腔。众下)

　　　　　　(全剧终)

《麦克白》：欲望的惨烈战场

傅光明

一、写作时间和剧作版本

1. 写作时间

《麦克白》与《哈姆雷特》《奥赛罗》和《李尔王》并称莎士比亚四大悲剧，它是其中写作时间最晚、篇幅最短、悲剧力量最弱的一部。

《麦克白》的完成和初演时间，应在1606年，理由有三：第一，西蒙·福尔曼（Simon Forman，1552—1611）这位与莎士比亚活在同一个时代的占星家、术士、草药医生，因身后留下一本著名的"看戏笔录"（"Book of Plays"）常被人提起，其中最有价值的记录是关于他在1610年至1611年间，在伦敦先后观看过莎士比亚四部戏——《麦克白》《冬天的故事》《辛白林》《理查二世》的舞台演出。据此记载，1610年4月20日，福尔曼在"环球剧场"（Globe Theatre）观看了《麦克白》。也就是说，莎士比亚一定是在

1610 年之前写完了《麦克白》。

第二，从整个剧情来看，《麦克白》的完稿当在 1603 年之后。因为伊丽莎白一世女王(Elizabeth Ⅰ,1533—1603)在这一年去世，她的表外甥、苏格兰国王詹姆斯六世 (James Ⅵ,1566—1625)遂由苏格兰南下继承王位；7 月，加冕登基，成为英格兰、苏格兰合并之后的新一代君王，即詹姆斯一世(James Ⅰ,1603—1625 年在位)，亦由此创立斯图亚特王朝(The House of Stuart)。

詹姆斯一世爱看戏，登基不久，即将莎士比亚所属的"内务大臣剧团"(Lord Chamberlain's Men) 改为 "国王供奉剧团"(King's Men)，除给予一些特别优惠，还把莎士比亚和剧团其他一些主要成员任命为宫廷内侍。他多次亲临剧场观看莎士比亚的戏，因他在当苏格兰国王时错过许多莎士比亚早年的戏，特地要补看。1604 年，他为庆祝自己加冕，还在伦敦补办了一场游行仪式，莎士比亚身着鲜红制服参加；另外，莎士比亚还奉旨以侍从身份，接待过西班牙大使。这一年，莎士比亚 40 岁。

有如此机会近距离接触这位现任英格兰国王的前苏格兰国王，使莎士比亚在《麦克白》中加入一些有关苏格兰背景的戏份，变得十分自然，比如，为讨好国王，他特意在第四幕第一场，借女巫"八代国王的哑剧"里第八代国王手里的魔镜，显示班柯有一位后人成为手持"双球三杖"的苏格兰国王，指的就是詹姆斯一世；在第四幕第三场，又借玛尔康之口，专门称颂能对"国王病"手到病除的英格兰先王"圣王爱德华"，因为莎士比亚十分清楚眼前的这位国王，对当时仍在流行的"国王能抚摸治病"的迷信说法深信不疑。当时，人们把瘰疬、淋巴结核、母猪病等疾患迷信地称为"国王病";把三女巫的活动场景,设置在广袤的苏格兰荒野。

由此,不难确定,《麦克白》的写作应在 1603 年之后(似乎更应在 1604 年写完《奥赛罗》之后)。

第三,第二幕第三场一开场,看管麦克白城堡的门房,在睡梦中被急促的敲门声惊醒,起身去开门,嘴里却不停念叨。莎学家们普遍认为,门房边走边自言自语的这一大段独白,透露出发生在 1606 年的两件事,凭这个强有力的证据,可认定《麦克白》写于 1606 年。

先说第一件事。从酣睡中惊醒,门房心里烦闷,他念叨自己是在"给地狱看门",然后赌咒来敲门的"八成是一个因五谷丰收上吊自杀的农夫"。这句话,莎学家大都认为, 显然是在暗示 1606 年粮食丰收、谷价暴跌,因此造成许多囤积了粮食、以待粮价走高时再出售赚钱的农夫陷入绝境,"上吊自杀"。

事实上,关于如何理解这句话,一直存在分歧,有注释家认为,农夫自杀不是因为丰收,相反,倒是由于长久盼不来丰年,饥饿难耐,绝望自杀。如此,门房的这句独白就要变成"八成是盼丰收盼得上了吊的农夫"。要是这样,便与 1606 年的丰收毫无关联了。立此存疑吧。

再说第二件事。门房在把来敲门的人比为"上吊自杀的农夫"之后,又接着自语:"谁敲门呢?说真的,这一定是个说话含糊暧昧的家伙(equivocator),能到正义女神天平盘子的两头儿,换着边儿,站在一边赌咒发誓骂另一边;他打着上帝旗号犯的叛逆之罪不少,可却糊弄不了上天:啊,进来吧,说话含糊暧昧的家伙。"

这句话里那个"说话含糊暧昧的家伙",一直都被认为是影射"耶稣会"神父加内特(Henry Garnet, 1555—1606)。加内特神父因卷入 1605 年试图谋害詹姆斯一世的"火药阴谋案",于 1606 年 1 月 27 日被抓捕,之后被关进"伦敦塔",3 月 28 日受审,5 月 3 日遭处决。

3 月 28 日的审判从上午 9 点半开始,持续了一整天。面对起诉,加内特神父极力用"含糊暧昧的话"(equivocation)辩称自己无罪。而他这一"含糊暧昧"的辩护,被当庭嘲讽为"大放厥词的谎言、伪证"。最后,陪审团经过 15 分钟的审议,认定加内特神父辩护无效,并以叛国罪判处"吊死、挖心、分尸"的极刑。

"火药阴谋案"与审判、处死加内特神父相关的诸多细节,成为贯穿 1606 年全年的一个热门话题,以至于当这个门房从舞台上说出"说话含糊暧昧的家伙"时,观众便会自然联想到加内特神父。这应是莎士比亚在编剧《麦克白》时,为能更好吸引观众故意卖弄的噱头。

更值得一提的是,莎士比亚的主要赞助人南安普顿伯爵(the Earl of Northampton, 1573—1624)参加了 3 月 28 日那一整天对加内特神父的庭审。有理由认为,一定是他把加内特神父当庭极力用"含糊暧昧"的话为自己辩护的细节,详细告诉了莎士比亚。要不然,从门房嘴里怎么说得出"打着上帝旗号犯的叛逆之罪真不少,可却糊弄不了上天"这样揶揄的话来?

人们一直推测,这位充满了神秘感、比莎士比亚年轻 9 岁的贵族伯爵,跟莎士比亚是赞助人兼同性恋者的关系,《莎士比亚十四行诗集》所题献的那位"W.H.先生"就是这位男人女相的伯爵，"十四行诗"中的第 20 首也是写给他的，称他是"我钟情的情郎兼情女"，因为在诗人心目中，他是一个有着"女性面容"和"女性柔肠"的美男子。诚然，时至今日，这一吊足人胃口的推测仍无实证。

但不管怎样，若由加内特神父卷入的这"火药阴谋案"事件来判断，《麦克白》的写作时间，应在 1606 年无疑。

2. 剧作版本

《麦克白》的剧作版本在莎剧中属于貌似"简单"的那一类，这是因为，它在莎士比亚生前从未以印刷本行世，而是直到他死后 7 年的 1623 年，才被收入"第一对开本"《莎士比亚全集》中，题为"麦克白的悲剧"（"The Tragedy of Macbeth"）。然而，它又十分不简单，因为这个版本除了剧文讹误甚多之外，还有不少问题，比如，有时将诗体误排成散文，有些剧文被任意割裂，尤其最后一幕，不仅诗文平淡无力，连用韵都显出凌乱勉强，毫无意义。尽管这些讹谬在 1632 年的"第二对开本"中改正了一些，后来虽又经著名作家、文本编辑西奥博尔德（Lewis Theobald, 1688—1744）等人校勘，剧本中还是有一些悬疑难点留了下来，至今难解。

正因为此，莎学家们几乎一致认定，"第一对开本"《麦克白》出现这样的问题，源于三种可能：第一，莎士比亚编剧时不像以前那样倾力投入，而是漫不经心，草率急就；第二，该版是由"国王供奉剧团"根据舞台演出的提示本，或某一无迹可寻的手稿本或抄本编定；第三，该版绝非莎剧原貌，而是与他人合写，或经人润色,甚至窜改的结果。

这里要提到几乎与莎士比亚同时代的戏剧家、诗人托马斯·米德尔顿(Thomas Middleton,1580—1627),他比莎士比亚小 16 岁,他辉煌的戏剧生涯是在詹姆斯一世时代度过的。1616 年,他编写了一部悲喜剧《女巫》(*The Witch*),但其手稿本直到 1778 年才被发现(现藏牛津大学图书馆),由此得以确认,《麦克白》第三幕第五场、第四幕第一场,随着两处舞台提示——"内歌声。'来吧,来吧,……'"和"音乐响起,内歌声:'黑精灵,……'"——而起的音乐、唱出的歌词,全都源自《女巫》。

另外,第三幕第五场荒野中的一场戏,几乎是司巫术的女神赫卡特一人唱独角,她"一副气哼哼的样子",对三女巫进行了长篇训斥;第四幕第一场,赫卡特再次登台,在显得突兀地说了一小段诗体独白后,女巫甲招呼同伴跳环舞,她随之退场。不难判断,从整个戏剧结构的通体连贯来看,这两处剧情是直接外插进去的。

对此并不难解释,因为从莎士比亚辞世前一年的 1615 年,米德尔顿就开始担任"国王供奉剧团"编剧,直到 1624 年。很有可能,出于演出而非剧情需要,他受命对《麦克白》进行修改。修改的时候,便不由自主把赫卡特的戏份,及自己所编《女巫》中的歌词植入进去。当然,如果把《麦克白》中所有粗陋拙劣之笔,都认定非莎士比亚原创之功,而是米德尔顿之过,也显得过于武断和不厚道。

总之一句话,今天看到的《麦克白》里,或多或少有米德尔顿"补笔"的戏剧身影。

至于《麦克白》篇幅为何如此之短，大致有这样两种可能：

第一，1606 年夏，詹姆斯一世的内弟、丹麦国王克里斯蒂安四世（Christian Ⅳ, 1588—1648）要造访英国王室，也是为了来看望他身为英国国王的姐夫。莎士比亚受命赶写一部戏，作为英国王室盛情接待丹麦国王的多种娱乐节目之一。

丹麦国王 7 月 17 日抵英，8 月 11 日返国。在此期间，莎士比亚所属的"国王供奉剧团"奉旨三次入宫，三次献技，其中上演了一部新戏。从《麦克白》剧中有明显讨好国王的剧情中不难判断，这部新戏就是《麦克白》。若果真如此，《麦克白》则必完稿于 1606 年 7 月 17 日之前。

可想而知，时间紧，又是为皇家的重大外事活动赶写，《麦克白》最后一幕（第五幕）文笔粗疏，潦草收场，便在所难免。一个世纪之后，古文物收藏家亨特（Joseph Hunter, 1783—1861）曾说："该剧很像草稿，虽不能称之未竣稿，但须修饰润改之处颇多。"著名批评家、莎学家布拉德雷（Andrew Cecil Bradley, 1851—1935）说得更直接，仅就莎士比亚四大悲剧的篇幅来看，《李尔王》有 3298 行，《奥赛罗》有 3324 行，《哈姆雷特》更长达 3924 行，而《麦克白》则仅有 1993 行，可见，它绝非是为公共剧院写的，而必为私人甚或宫廷定制。另一位著名批评家、莎学家道顿（Edward Dowden, 1843—1913）也赞同此说。

然而，也有一些莎学家认为，"国王供奉剧团"给听不懂英语的丹麦国王演了《麦克白》，这一说法证据不足，因为与"假面剧"和一些宫廷娱乐戏不同，像《麦克白》这种属于公共剧场的戏，几乎不会先在宫廷首演，丹麦国王看的是三出名不见经传的戏。实际情况是，到 1606 年 6 月，瘟疫已导致伦敦的剧院关闭了七八个月，考虑到经济的需要及宫廷演出的商业价值，"国王供奉剧团"决定在环球剧场首演《麦克白》。

第二，接上言，《麦克白》在环球剧场首演时，有一个正常长度的剧本，后不知所踪，收入"第一对开本"里的《麦克白》，只是这个"演出版"的缩略本。

出现这种情形，正如英国 18 世纪著名批评家约翰逊 (Samuel Johnson，1709—1784)在其 1765 年为《莎士比亚戏剧集》写的序言中所说："我们这位大诗人根本不把死后声名放心上，尽管他还不老，并在精枯力竭或体病身残之前便已告老还乡，安享起颐养天年的富裕日子，可他既不收集自己的作品，也没想着要把那些已出版的、被人窜改得面目皆非、意义模糊的剧本整理一下，更不去想把其他作品按照真实原貌，印行较好的版本面世。以莎士比亚之名印行的剧作，大部分都是他死后七年左右出版的，而在他生前所出版的少数几种剧作，显然是别人未经授权、擅自刊印，作者本人可能一无所知……莎士比亚的戏文本身，不合语法、晦涩难懂；他的剧本也许是由不大懂行的人抄录下来，供演员使用的；这些抄本再经同样外行的人转手传抄，讹误也自然越来越多；有时可能为了缩短台词，这些抄本又被演员随意割裂，等印刷者到后来刊印成书时，也不做任何订正。"

二、"原型"故事

1850 年，美国散文家、诗人爱默生(Ralph Emerson，1803—1882)出版了一本演讲集《代表人物》(*Representative Men*)，共收

七篇。第一篇讨论"伟人"在社会中担当的角色，其余六篇都是对他心目中具有美德的六位伟人的赞美，这六位伟人是：古希腊"哲学家"柏拉图（Plato，前427—前347），瑞典科学家、哲学家、"神秘主义者"伊曼纽尔·斯韦登伯格（Emanuel Swedenborg，1688—1772），法国随笔作家、"怀疑论者"蒙田（Montaigne，1533—1592），英国"诗人"莎士比亚（William Shakespeare，1564—1616），法国"世界伟人"拿破仑（Bonaparte Napoleon，1769—1821），德国"作家"歌德（Goethe，1749—1832）。

关于伊丽莎白女王一世时代整个的戏剧情形，以及莎士比亚如何写起戏来，大体如爱默生所言："莎士比亚的青年时代正值英国人需要戏剧消遣的时代。戏剧因其政治讽喻极易触犯宫廷受到打压，势力渐长、后劲十足的清教徒和虔诚的英国国教信徒们，也要压制它。然而，人们需要它。客栈庭院、不带屋顶的房子、乡村集市的临时围场，都成了流浪艺人现成的剧院。人们喜欢由这种演出带来的新的快乐……它既是民谣、史诗，又是报纸、政治会议、演讲、木偶剧和图书馆，国王、主教、清教徒或许都能从中发现对自己的描述。由于各种原因，它成为全国的喜好，可又绝不引人注目，甚至当时并没有哪位大学者在英国史里提到它。然而，它也未因像面包一样便宜和不足道而受忽视。"包括托马斯·基德（Thomas Kyd，1558—1594）、马洛（Christopher Marlowe，1564—1993）、本·琼森（Ben Jonson，1572—1637）在内的一大批莎士比亚同时代且名气并不在他之下的诗人、戏剧家，全都突然涌向这一领域，便是它富有生命力的最好明证。

无疑，莎士比亚的受惠面十分广泛，他善于、精于利用一切已有的素材、资料,从他编写历史剧《亨利六世》即可见一斑,在这上中下三部共计 6043 诗行中,有 1771 行出自他之前某位佚名作家之手,2373 行是在前人基础上改写的,只有 1899 行属于货真价实的原创。

这一事实不过更证明了莎士比亚绝不是一个原创性的戏剧诗人,而是一个天才编剧。不光莎士比亚,生活在那一时代的戏剧诗人或编剧们,大都如此"创作",因为在那个时代,人们对作品的原创性兴致不高,兴趣不大。换言之,为千百万人独创的文学,那时并不存在。在那个还没有文学修养的时代,无论光从什么地方射出,伟大的诗人就把它吸收进来。他的任务就是把每颗智慧的珍珠,把每一朵感情的鲜花带给人们;因此,他把记忆和创造看得同等重要。他漠不关心原料从何而来,因为无论它来自翻译作品,还是古老传说;来自遥远的旅行,还是灵感,观众们都毫不挑剔、热烈欢迎。早期的英国诗人们,从被誉为"英国文学之父"的乔叟(Geoffrey Chaucer, 1343—1400)那里受惠良多,而乔叟也从别人那里吸收、借用了大量东西。

爱默生还提到一个颇值得玩味的事:在莎士比亚生活和创作的伊丽莎白女王一世时代,英才云集,诗人辈出,但他们却未能以自己的天才,发现世上那个最有才华之人——莎士比亚。在他死后一个世纪,才有人猜测他是这个世界上最具才华的诗人;等又过了一个世纪,才出现能称得上够水准、够分量的对他的评论。由于他(莎士比亚)是德国文学之父,此前不可能有人写莎士比亚历史。德国文学的迅速发展与莱辛 (Gotthold Lessing, 1729—1781)把莎士比亚介绍给德国,与维兰德(Christoph Wieland,

1733—1813)和施莱格尔(A.W.von Schlege,1767—1845)把莎剧译成德文密切相关。进入 19 世纪,这个时代爱思考的精神很像活着的哈姆雷特,于是,哈姆雷特的悲剧开始拥有众多好奇的读者,文学和哲学开始莎士比亚化。"此后,他的思想达到了至今我们无法超越的极限。"

爱默生认为,莎士比亚有着令人匪夷所思的、出类拔萃的才智。"一个好的读者可以钻进柏拉图的头脑,并在他脑子里思考问题,但谁也无法进入莎士比亚的头脑。我们至今仍置身门外。就表达力和创造力而言,莎士比亚是独一无二的。他丰富的想象力无人能及,他具有作家所能达到的最敏锐犀利、最精细入微的洞察力。"

对于这样一个有着出类拔萃的非凡才智,有着独一无二的表达力和创造力,想象力无人能及,洞察力又最犀利、最透彻的莎士比亚来说,"借鸡生蛋"不过小菜一碟。像《李尔王》一样,《麦克白》这枚悲剧之 "蛋", 也是从编年史作者拉斐尔·霍林斯赫德(Raphael Holinshed,1529—1580)那部著名的"编年史"之"鸡"身上"借"来的。

霍林斯赫德与人一起合编的这部《英格兰、苏格兰及爱尔兰编年史》(*The Chronicles of England, Scotland, and Ireland*)1577年初版,10 年后的 1587 年,增订再版。如果说,是其中英格兰史卷部分的"李尔故事"催生出了莎剧《李尔王》,那里面的"麦克白(Makbeth)故事"则直接孕育了莎剧《麦克白》。

这部"编年史"虽以两卷本出版,内容则分三卷:第一、第三卷记述诺曼人征服英格兰之前、之后的历史;第二卷描绘苏格兰和爱尔兰的历史,其中"苏格兰历史"的两处叙事,被莎士比亚顺手巧妙地化入了他的《麦克白》中。

要说明的是,霍林斯赫德的"麦克白故事"源自苏格兰哲学家、史学家赫克托·波伊斯(Hector Boece,1465—1536)所著,1526 年在巴黎出版的拉丁文史著《苏格兰人的历史》(*Historia Gentis Scotorum*)。该书先被译为法文,而后,苏格兰作家约翰·贝伦登(John Bellenden,1533—1587)从拉丁文将其译成英文,书名改为《苏格兰编年史》(*Croniklis of Scotland*),这是用现代苏格兰英语所写、迄今为止留存下来的最古老的一部散文。同时,苏格兰诗人威廉·斯图尔特(William Stewart,1476—1548)将其译成诗体史书。这一"散"一"诗"体两部苏格兰史书,莎士比亚可能都看过。

事实上,在波伊斯的苏格兰史之前,还有两部更老的、在当时很有影响的苏格兰史,一部是苏格兰编年史家、福顿的约翰(John of Fordun,约 1360—1384)于 1384年出版的拉丁文《苏格兰编年史》(*Chronica Gentis Scotorum*),该书将 1040—1057 年间的苏格兰历史及传说加以综合,但其中有些内容纯属虚构;另一部是苏格兰诗人、温顿的安德鲁 (Andrew of Wyntoun,1350—1425) 于 1424 年出版的诗体《苏格兰原始编年史》(*Orygynale Cornykil of Scotland*)。福顿的约翰在其苏格兰史中写到了"麦克白故事",麦克白梦到有三个预言未来的女人,这个梦叫他胡思乱想,并促使他谋杀了邓肯。而在安德鲁的苏格兰史里,并没有写到三个女人,即莎剧《麦克白》中的"三女巫"。

不过,一般来说,书写历史对于后世晚生的史学家,至少在史料广博宏富的掌握上更占便宜。霍林斯赫德正是这样一个得以享有前人史料的受益者,他的"编年史"吸收了约翰、安德鲁、波伊斯这三位前辈史著中的相关内容,包括"麦克白故事"及其中的"三女巫"。

先说"三女巫"。莎士比亚写这决定了麦克白悲剧命运的"命运三姐妹"的灵感来源,除了霍林斯赫德 1577 年初版的"编年史",可能还有第二年 1578 年出版的另一部拉丁文《苏格兰史》(History of Scotland),该书作者是苏格兰史学家、罗马天主教主教约翰·莱斯利(John Lesley, 1527—1596)。他关于苏格兰早期历史的书写,借鉴了波伊斯和约翰·梅杰 (John Major, 1467—1550)的史书。约翰·梅杰是苏格兰著名哲学家,他的拉丁文《大不列颠史》(History of Greater Britain)于 1521 年在巴黎出版。

然而,真正激活莎士比亚的戏剧构思,使他决意要把"三女巫"搬上舞台,并让她们将麦克白引向地狱,最直接、最有力的外因恐怕莫过于国王造访牛津了。

1605 年 8 月,詹姆斯一世、安妮王后携王位继承人威尔士亲王访问牛津。为表示对国王临幸的由衷谢忱,牛津大学特意委请马修·格温(Matthew Gwinne, 1558—1627)医师赶写了一部庆典短剧,并安排在圣约翰学院门前表演。

这一天,当国王一行来到学院门前时,三位"林中女巫打扮"的女大学生开始表演,她们先以拉丁文开场,随后改说英语。剧情很简单:"三女巫"走到国王面前,宣称她们是当初向班柯预言其子孙将万世为王的那"命运三姐妹"的现世化身,现又特来向国王预言,他及后人亦将万代为王,永享荣耀。随后,"三女巫"高举手臂，依次向国王致敬：

> 第一女巫　　向您，苏格兰王致敬！
>
> 第二女巫　　向您，英格兰王致敬！
>
> 第三女巫　　向您，爱尔兰王致敬！
>
> 第一女巫　　您拥有法兰西王的尊号，万岁！
>
> 第二女巫　　分裂已久的不列颠统一了，万岁！
>
> 第三女巫　　伟大的不列颠、爱尔兰、法兰西王，万岁！

当时，这个简短的演出脚本，还曾配以红绒装帧分赠随行而来的亲王贵胄，说不定后来有一本就落到了莎士比亚的手里。因为他的《麦克白》几乎原封不动地"再现"了这一情景，第一幕第三场，荒原中的三女巫一见到麦克白，便冲口而出：

> 女巫甲　　祝福，麦克白！向您致敬，格莱米斯伯爵！
>
> 女巫乙　　祝福，麦克白！向您致敬，考德伯爵！
>
> 女巫丙　　祝福，麦克白！向您致敬，未来的国王！

彼情此景，何其相似！

莎士比亚这样写"三女巫"，应是有意讨好国王。理由有二：其一，莎士比亚很可能读过国王在当苏格兰国王时御笔写下的那部《恶魔学》，若此，他自然了解国王对巫术十分痴迷；其二，国王对自己是班柯的后人深信不疑，这一点并不是什么宫廷绝密，否则，莎士比亚也不会如前文提到的那样，在第四幕第一场，让"三女巫"为麦克白精心上演一出"八代国王的哑剧"，按舞台提示：
"最后一位国王手持魔镜；班柯的幽灵紧随其后。"在哑剧中，班
柯的后人、"八代国王"头戴王冠，逐一出现；第八代国王手里"拿
着一面魔镜，镜子里有更多头戴王冠的人，其中有一个左手持两
个金球，右手执三根权杖。"这是令麦克白"毛骨悚然的景象"，他
看明白了："头发上沾满血污的班柯冲我微笑，向他的后世子孙
表明，他们将世袭这金球和权杖所象征的王权。"但同时，这是令
詹姆斯一世喜上眉梢的"景象"，他也看明白了，他这位班柯的后
人以及他的后人，即魔镜中"更多头戴王冠的人"，将永享王权。

由班柯，再说麦克白。

首先，可以肯定，莎士比亚并不是把苏格兰历史编入戏剧的
第一人，还在霍林斯赫德"编年史"初版前的 1567 年，掌管宫廷
娱乐的官员记录显示，曾为一部演绎苏格兰国王的悲剧制作过
背景。

其次，在莎士比亚的"麦克白的悲剧"之前，已有人把有关苏
格兰历史，尤其"麦克白故事"，转化成文艺作品——1596 年 8
月 27 日 "伦敦书业公会" 的记录簿上，已有《麦克多白之歌》
(*Ballad of Macdobeth*) 一项登记在册。不论这"歌"是不是"剧"，
至少实证说明，"麦克白故事"早已有之。

另外，比莎士比亚大四岁、与他同年去世的恩斯洛(Philip
Henslowe，1550—1616)，是伊丽莎白女王一世时代的一位剧院
承包人兼经理人，身后留下一本"日记"，这可是文艺复兴时期，
特别是 1597—1609 年这段时间伦敦戏剧界极有价值的第一手
信息来源。里面记载，1602 年，伦敦曾有一部关于苏格兰国王玛

尔康的剧目上演。在1998年英美合拍的奥斯卡获奖影片、浪漫喜剧电影《恋爱中的莎士比亚》(*Shakespeare in Love*)中,还出现了恩斯洛这个角色。

必须一提的是,在苏格兰詹姆斯六世国王成为英王詹姆斯一世国王之后的第二年,即 1604 年,伦敦曾有过一部描写苏格兰高里伯爵(Earl of Gowrie)叛变的戏剧。这位高里伯爵的爵位,1581 年,正是由当时的苏格兰詹姆斯六世国王(也就是如今的英王詹姆斯一世)晋封。三年之后的 1584 年,高里伯爵因叛国罪被处死,财产充公、爵位撤销。在莎剧《麦克白》中,有一位因参与谋反,以叛国罪被邓肯国王下令处死的考德伯爵(thane of Cawdor),其被撤销的"考德伯爵"尊号"为高贵的麦克白赢得"。这似乎又是莎士比亚为讨国王欢心的刻意之举,原因不外有二:第一,国王当然乐于看到被自己处死的高里伯爵化身为反贼"考德伯爵"被莎士比亚写入《麦克白》;第二,"考德伯爵"这个贵族尊号注定就是叛国者的代名词,麦克白因战功显赫,得到邓肯封赏,承袭了这一爵位,但在他谋杀邓肯的那一刻,他又成了谋逆叛国的"考德伯爵",最终被麦克德夫砍下头颅。这个结局,自然也是国王乐于看到的。

对于莎士比亚来说,有了"三女巫"和"麦克白故事"这两大"原型",已足以支撑戏剧结构,剩下的唯一问题是:如何塑造麦克白。

1582 年出版的苏格兰史学家、人文学者乔治·布坎南(George Buchanan, 1506—1582) 的拉丁文《苏格兰史》(*Rerum Scoticarum Historia*),对莎士比亚的《麦克白》产生了直接触动。

布坎南的这部苏格兰史，在波伊斯对早期苏格兰传奇历史的基础上，有了很大拓展，比如写到麦克白时，布坎南认为，他是"具有天赋洞察力，却又野心勃勃的一个人。"显然，这就是莎士比亚想要的麦克白！

为让这样一个麦克白在舞台上产生强烈的吸引力、冲击力、震撼力，莎士比亚必须对霍林斯赫德"编年史"里"麦克白故事"做移植手术。他这样做，也许并不是考虑要让这个人物具有永久的艺术生命力。不过，莎士比亚的确把霍林斯赫德"编年史"里"苏格兰历史"部分中，叙述国王达夫(King Duff)的"统治与被谋杀"、麦克白的"崛起和统治"这两个故事，进行了恰到好处的移花接木。

在第一个故事里，贵族"邓沃德"(Donwald)一向对达夫国王(King Duff)忠心耿耿、"深受信任"，却受到妻子唆使，要他去谋杀国王，"并向他详述如何在最短时间内杀掉国王"。邓沃德"被妻子的话燃起怒火"，秘密杀死国王，把尸体偷运出城堡，埋在一处河床下。然而，正当这个"编年史故事"里的邓肯(Duncan)怀揣入侵美梦却"谈判失利"之际，丹麦士兵因喝了掺药的酒，整支军队"很快酩酊大醉，酣睡不醒"。

极为相似的是，在莎剧《麦克白》中，麦克白夫人一边怂恿"深得宠信"的丈夫行刺邓肯(Duncan)国王，一边承诺保证把贴身守卫国王的两个"寝宫侍卫"灌醉，醉得"像海绵一样泡在酒里"。

霍林斯赫德在此强调了三点：第一，达夫信任邓沃德；第二，国王与女巫纠葛不断；第三，阴郁黑暗、怪事频出(诸如马之间嗜食同类以及发生在鸟类之间怪异的不平等残忍竞争）一直困扰着苏格兰，直到达夫国王的尸体被发现，安葬之后，这一切才告结束。在莎剧《麦克白》第二幕第四场，邓肯被杀后，罗斯和老人有段对话，罗斯说邓肯那几匹"体型俊美，奔跑如飞"的"宝马良驹"变得"十分怪异"，"突然野性大发，撞破马厩，冲了出来，四蹄乱蹬，难以驯服，好像要向人类挑战"。老人回应："据说还互相撕咬。"写出此等怪异情景的灵感，八成又是莎士比亚"借来的"。

第二个故事，在霍林斯赫德的笔下，是野心勃勃的麦克白夫人影响了麦克白的生涯：妻子"极力撺掇他"弑君，"只因她自己野心膨胀，想当王后的欲望之火一旦点燃，便无法熄灭"。按霍林斯赫德的描述，班柯是个十足的同谋。不过，没过几个章节，他就被杀了，因为麦克白怕他"会像自己背叛国王那样，也把他给杀了"。

与莎剧《麦克白》不同的是，霍林斯赫德在"编年史"里，丝毫没有提及班柯的幽灵打断皇家盛宴，也只字未提麦克白夫人的梦游，他只把麦克白在位十余年是一位治国有方的好的统治者，对男女巫师信任有加、玛尔康"考验"麦克德夫、伯南姆森林移到邓斯纳恩等等做了详尽描述。他还写了许多其他的事情，包括写到被化入莎剧《麦克白》的一些短语。霍林斯赫德甚至一度打乱叙事，呈现出一份翔实的血统宗谱，包括"谱系上最早的那些国王，从中得知他们的后代传人……比如班柯的后人"，这份宗谱最后以苏格兰国王詹姆斯六世结束。无疑，它使莎士比亚创意构思《麦克白》第四幕第一场的"八代国王的哑剧表演"，来得更加轻而易举。

　　在国王宗谱中位列达夫和邓肯之间的统治者是肯尼斯（Kenneth），他虽是一位好国王，却还是为了能让亲生儿子继位，秘密毒死了达夫的儿子。然而，良知"刺痛"着肯尼斯的心灵，此处，霍林斯赫德这样写道："那传闻真的发生了，每当夜幕降临，他刚一在床上躺下，就有个声音对他说：'……想想吧，肯尼斯，你邪恶地谋杀了玛尔康·达夫，要是这事儿被永恒而全能的上帝知道，你是害死无辜者的主谋……就算你眼下秘而不宣，也无济于事……'这个声音使国王毛骨悚然，再也无法安然入眠。"

　　稍微比较一下不难发现，莎剧《麦克白》第二幕第二场，麦克白谋杀邓肯之后，立即被"敲门声"的幻听错觉吓得惊恐不安，他听到"整个屋子都是那声音""一有声音就吓得够呛"。在这样的细微处，那个饱受心灵折磨的肯尼斯国王，为莎士比亚的麦克白提供了绝佳素材。

　　前文曾提到 1582 年乔治·布坎南出版的一部《苏格兰史》，就在这一年，还有另外一本与之同名的《苏格兰史》(Rerum Scoticarum Historia)出版，作者是只比莎士比亚小两岁的戏剧同行、演员爱德华·阿莱恩(Edward Alleyn, 1566—1626)。阿莱恩在书中对肯尼斯国王的心灵痛苦，做了更为详细的描述。按理，莎士比亚在写《麦克白》之前，应该读过此书。

　　莎剧《麦克白》第五幕第七场，写到小西华德出战麦克白被杀及父亲老西华德听到儿子死讯时的反应，源于这样两处已知的史料：一是霍林斯赫德"编年史"卷一结尾，写诺曼人入侵之前的那段历史；二是 1605 年出版的古文物收藏家、史学家、地志学者威廉·卡姆登 (William Camden, 1551—1623) 所著历史文集

《不列颠遗事》(*Remains Concerning Britain*)。

单从时间上推算,此时(1605 年)的莎士比亚,即便还没动笔开写《麦克白》,应该也差不多想好该从哪些史料源头(或"原型故事")借鉴什么,如何改写,他应该把麦克白之死都设计好了。没错,霍林斯赫德笔下"麦克白故事"的结尾,连莎士比亚的麦克白之死的"原型"都预备好了:"麦克德夫(Makduffe)骑着马,拦住麦克白的去路,手持利剑,说:'麦克白,结束你那永无尽头的残忍的时刻到了,因为我就是巫师对你说的那个人,我不是我妈生的,我是从娘胎里剖出来的。'话音未落,打马向前,斜肩砍下麦克白的人头,挑在杆子上,来到玛尔康面前。这就是麦克白的下场,他对苏格兰 17 年的统治从此结束。"

假如莎剧《麦克白》里的麦克白也像这样,一言不发就被砍了头,那他绝不属于莎士比亚。毕竟他在成为暴君之前,是一位驰骋疆场、披坚执锐、骁勇善战的将军,死也要死得惨烈:"我不投降;我不能在小玛尔康的脚下屈服,任由那帮乌合之众随意诅咒唾骂。尽管伯南姆森林已经移到邓斯纳恩,尽管你这非要跟我交手的东西,偏又不是女人生的,我也要决一死战……猛攻吧,麦克德夫,谁先喊'够了,住手',谁受诅咒下地狱!"

对,这才是莎剧中的麦克白!

即使命运诅咒他活该死在"不是女人生的"麦克德夫手里,他还是要拼死一战。这也是他在第三幕第一场对命运抛下的赌注:"还不如索性与命运拼杀,一决生死!"

这何尝不是人类悲剧的实质:明知抗不过命运,却非要与命运相抗。

如果说,以上这些苏格兰历史中的"原型故事",为莎剧《麦克白》提供了丰厚的琼浆滋养,那古罗马著名的斯多葛学派哲学家、政治家、悲剧家卢修斯·塞内加(Lucius Seneca,前4—65年)的"流血悲剧",则为莎氏悲剧提供了必不可少的几大元素,这几大元素莎士比亚在《麦克白》之前的"三大悲剧"(《哈姆雷特》《奥赛罗》《李尔王》)中已屡试不爽。诚然,这样的悲剧元素自古希腊开始直到今天,似乎从不曾变过。以塞内加为例,他常用屠杀、恐怖、出卖、复仇的场景凸显主题,常用幽灵和巫术增强悲剧氛围,他的人物也常陷入内心撕裂的极度痛楚,这些元素《麦克白》样样俱全。甚至有莎学家指出,连莎剧《麦克白》的有些细节,像"满手的血污"、睡眠是"抚慰繁重劳苦的沐浴,是疗救受伤心灵的药膏"等,都可能是模仿了塞内加的悲剧《阿伽门农》(*Agamemnon*)和《疯狂的赫拉克勒斯》(*The Madness of Hercules*)中的某些段落。

三、魔幻与现实:女巫、婴儿、孩童的象征意味

1. 女巫与国王

前文曾提及,莎士比亚写《麦克白》的主要动因(或唯一动因),是为讨好国王詹姆斯一世,以至于长期以来一直有学者断言,这部悲剧就是专门演给国王看的。因为国王认定自己皇家血统的国王先祖,就是班柯。对国王的这一自我认定,他以前的苏格兰臣民并不陌生,他们深信苏格兰国王詹姆斯六世是班柯的后代传人,但英格兰人似乎还从未听说过这个伟大的名字。因此,以大众喜闻乐见的戏剧方式传播普及王室的高贵血统,无疑

也可讨好国王。

这么一想，便不难理解莎士比亚为何如此塑造班柯，尽管班柯在剧中没有多少戏份，并很快被麦克白派刺客暗杀，但班柯在世，麦克白怕他这个活人；人死之后，麦克白更怕他的幽灵。简言之，是邓肯的血和班柯的幽灵，把麦克白抛入欲望的惨烈战场，将其毁灭。

麦克白毫不讳言自己怕班柯，那情形就像"马克·安东尼一见凯撒就发怵一样"，因为班柯有"高贵的天性"，有"无所畏惧的性情"，有勇敢行动起来"毫无闪失"的智慧。这实际上是莎士比亚当着看戏的当朝之君的面，赞美他这位拥有凯撒式高贵、勇敢和智慧的先祖。就剧情来说，邓肯之死、班柯之死，都是由三女巫的预言挑起麦克白的谋杀欲望所致，同时，这也是导致剧情急转直下的两个拐点：杀掉邓肯，麦克白自立为王、享有暂时的君王荣耀；而杀掉班柯，这荣耀便加速走向幻灭。

因此，霍林斯赫德"编年史"里那个"十足的同谋"、与邓沃德一起害死达夫国王的班柯，那个赫克托·波伊斯在其《苏格兰人的历史》中杜撰出来的 11 世纪的苏格兰贵族班柯，到了莎剧《麦克白》中，摇身一变成为苏格兰詹姆斯六世君王血脉源头的先祖"始皇"。如三女巫预言的那样，"尽管你当不成王，你的子孙却世代为王"。诚然，波伊斯的动机或也出于媚上，意在给斯图亚特王朝追溯一个恰当的贵族先辈。

从一开始，班柯就对三女巫充满了鄙夷，在他眼里，"这些怪物""皲裂的手指""干瘪的嘴唇"，看似女人，却生着胡须。"身形如此瘦小枯干，衣着如此粗野怪异，不似世间人，却又在凡尘，到底什么东西"？

对舞台上以戏剧手段如此塑造挑起麦克白欲望的三女巫，有"幻想症"（或"妄想症"）的国王一定赞赏，因为他也自以为曾被女巫迫害。他脑子里始终认定，1589年他远赴丹麦迎娶安妮公主，11月在挪威奥斯陆正式结婚，1590年5月归国，一去一回均遭风浪，都是女巫捣鬼作祟，因为魔鬼对信仰新教的苏格兰与丹麦联姻满怀恶意。要不是女巫动用魔咒法术，掀起海上的巨浪狂风，娶亲的船怎么可能一次又一次驶回，被迫停泊到挪威的港口？

疑神疑鬼的国王无法容忍撒旦的手下竟敢在他眼皮底下要阴谋，回到苏格兰以后，下令全国进行大搜捕，开展声势浩大、威力无比的"猎巫"（Witch hunts）行动，凡疑有行巫施法之能的女人，一律投入监狱。国王还亲自参加了"北贝里克郡女巫案"的审讯，从中得到一种施虐的快感。酷刑之下，这些无辜的女人只有屈打成招，承认自己真有类似《麦克白》中三女巫那样超自然的本事。据1591年伦敦印行的《苏格兰纪闻》（*Newes from Scotland*）记载：一位受人尊重、名叫艾格尼丝·桑普森（Agnes Sampson）的老妇人，被带到国王和贵族们面前，她对所有指控予以否认，但她受不了惨绝人寰的酷刑折磨，只好认罪，说自己就是那总数为200的女巫团伙之一，她们曾每人乘坐一个筛子飞到海上，企图弄沉一艘从丹麦返回苏格兰的船，那可能就是国王派去迎娶安妮公主的。案情昭然，女巫桑普森对罪行供认不讳，处以勒死，尸体焚烧。

仅从1590年11月到1591年5月，就有100多女巫嫌犯受审,许多人被处死,大多是女人。

《麦克白》第一幕第三场,女巫甲说:"我要乘一个筛子驶向那边,就像一只没有尾巴的老鼠。"这句台词一下子便有了双重意味:一是戏剧化的,即舞台上的女巫发狠说要追上一艘船,像老鼠一样咬破船底;二是现实版的,即让看戏的国王心领神会,当年那 200 个女巫便是这样,一人乘坐一只筛子,飞到海上呼风唤雨,成心不让他一帆风顺地迎娶王后。

在此,还有件趣事值得一提,1584 年,伊丽莎白女王一世治下的英格兰乡绅、议员雷金纳德·斯科特(Reginald Scot,1538—1599)出版了《巫术揭秘》(*The Discoverie of Witchcraft*)一书,他认为世上根本不存在巫术,人们上当受骗都是源于精神上的困惑;那些貌似超自然或不可思议的巫术表演,不过魔术而已,信以为真十分愚蠢,至于给那些丑老太婆安上同魔鬼勾连的罪名,加以严惩,既残忍,又狠毒。对此,1597 年,当时还只是苏格兰王的这位詹姆斯国王,出版了他那部专著《恶魔学》,对斯科特的观点做了"有力"反驳,并极力为"猎巫"辩护,声言"竟有人在公开出版物中根本否认巫术这种东西的存在,不知羞耻"。义愤之情,溢于言表。

斯科特真该庆幸自己没活到 1603 年詹姆斯一世成为斯图亚特王朝的开朝之君。就在这一年,随着新王登基,《恶魔学》在伦敦流行一时;第一次国会之后,严惩"巫术罪"的法律,开始执行;斯科特的《巫术揭秘》列为禁书。可想而知,若斯科特活到这一天,必遭王权迫害。

由此可见,以严惩"巫术罪"的法律条款衡量,《麦克白》中的三女巫无疑犯了一等重罪,但显然,这位制定法律的国王,并不认为被三女巫"召唤"来表演"八代帝王哑剧"的那三个幽灵是"邪灵",因为正是这出把麦克白吓破胆、昭示未来的"哑剧",将显灵的班柯尊为他王室血统的始祖,也把他本人塑造成"两球三杖"的辉煌君王。

这是莎士比亚的讽刺吗?他应该没有这个胆量和魄力!

2. 女巫与麦克白

尽管莎士比亚写《麦克白》有讨好国王之意,但从三女巫的形象塑造,特别是从设计她们与麦克白的互动关系来看,既可见莎士比亚在戏剧上的节制,更可见其在艺术上的匠心。从这点又显而易见,莎士比亚的才能,使他远远高出那些只会阿谀捧颂的御用文人。若果真如此,《麦克白》早已像马修·格温为牛津大学赶写的那部欢迎国王御驾的庆典短剧, 不过一片过眼云烟转瞬即逝。当然,也不能简单把格温的奉命之举说成溜须拍马,那也就是个应景的街头"活报剧",只图好玩有趣,博国王一乐。

先看霍林斯赫德"编年史"里麦克白和班柯与女巫的相遇:

> 他们一起狩猎……穿树林、过田野,突然,在一片林中空地,遇见了三个长相古怪、衣服凌乱的女人,瞧她们的样子,像是来自从前的世界。……然后,他们觉得,这些女人或者是命运女神,或者是林中仙女,她们精通巫术,能预知未来,无论说过什么事,随后都会发生。

在莎士比亚生活的伊丽莎白女王一世时代, 民间约定俗成地把"女巫""仙女""丑老太婆"统称为女魔鬼。但"编年史"里这"三个长相古怪、衣服凌乱的女人",并未显得十分邪恶。也许她们真的只是民间靠煞有介事的魔术表演、诱使精神出现困惑的人受骗上当、以此赚取零花钱的乡村妇人。可是,在麦克白眼里,她们是"隐秘、邪恶、夜里欢的女巫"!

第四幕第一场,三女巫在置于洞穴中间的大锅里熬制"魔咒神力汤",这场戏热闹非凡,极具表演性:时辰一到,"姐妹们围着大锅转圈走,/ 毒心毒肝毒肺地往里投"。随之,三女巫争先恐后,接二连三把乱七八糟的动植物杂碎往锅里扔,边扔边不停念叨,什么切片的毒蛇肉、水蜥蜴的眼睛、青蛙的脚指头、蝙蝠毛、狗舌头、蝰蛇的叉状舌头、蛇蜥身上的刺、蜥蜴的腿、小猫头鹰的翅、豺狼的牙、飞龙的鳞、已死千年的女巫干尸、鲨鱼的肠胃和喉咙、山羊的肝汁胆液、娼妇在沟里私生的死婴手指头,还有半夜时分采摘的最毒的草根和树苗,再扔进猛虎的内脏,等把这一大锅杂烩煮沸、熬烂,最后浇上一点狒狒血,冷却凝固,便大功告成,施加魔法。这一切都是为了预言麦克白的终极命运!

莎士比亚添加的这些细节,除了使剧情显得红火热闹,且有利于营造神秘玄妙的戏剧氛围,吊足文本读者,尤其剧场观众急盼下回分解的胃口,也更符合上至国王、下至民众对邪恶女巫的想象。无论国王还是公众,目睹三女巫在大锅里熬汤,忙得不亦乐乎,会自然生发联想、想象,想象现实中的女巫就是如此这般作恶的。见此情景,国王或更会想象,说不定当年那 200 个女巫在乘坐筛子飞到海上掀起风浪,不让他顺利迎娶新娘王后之前,也有过类似怪力乱神的表演。这应是莎士比亚以现实手法取悦观众的初衷。

因此，莎士比亚又刻意借国王敬拜的"许多君王的根脉始祖"班柯的嘴，以极其不屑的口吻道出了三女巫那副魔鬼般半男不女、老丑不堪的怪相。这是莎士比亚从那个时代人们所能想象的魔鬼化身的样子中提炼出来的，国王和观众都认可，觉得她们就是这副模样。如此一来，即便她们自身不是魔鬼，也是把灵魂出卖给魔鬼、扮演起魔鬼代理人的角色，以半人半神的巫术魔力诱惑人犯罪。如果说麦克白和班柯第一次与三女巫相见，对他们俩而言，都只是一种不由自主、不期而遇的被动接受；那第二次麦克白单独与三女巫相会，则是他全身心的主动迎合，他要以此锁定自己不确知的未来命运。当然，在麦克白身上所发生的这一切，对女巫来说，事先早已掐算好了。

不过，在此足可见出莎士比亚戏剧手段的高明，他一方面为讨好国王，如此塑造三女巫；另一方面，却把麦克白自我毁灭这笔账，算到女巫头上。难道不是吗？麦克白犯下的所有罪恶——谋杀邓肯、暗杀班柯、屠杀麦克德夫一家老小，没一件是女巫逼他干的。她们从未向他显摆、炫耀自身有多么强大的、超自然的魔力和能耐，她们自始至终都只是阴阳怪气地以鸡一嘴鸭一嘴的预言，拿腔拿调地以魔幻现实的"哑剧"，一步一步诱惑他，让他自己燃起欲望之火。没错！麦克白的一切邪恶之罪，都是填不满的贪欲驱使他犯下的。这贪欲便是人类的原始人性，便是在人心底安营扎寨的魔鬼，它是原罪，也是心魔。

如此一来，麦克白的形象便具有了浓郁的象征意味，即无论哪个人身上的，原罪也好，心魔也罢，一旦被欲望激活，他的眼前就只剩下一条通向地狱之门的邪恶之路。麦克白是这样,我们也是这样!

3. 关于女巫

关于女巫,莎士比亚的超级粉丝查尔斯·兰姆(Charles Lamb, 1775—1834)在他写于 1811 年的那篇著名宏文《论莎士比亚的悲剧是否适于舞台演出》(*On the Tragedies of Shakespeare Considered with Reference to their Fitness for Stage Representation*)中指出:"他写这类人物的目的,在于写出戏里的荒野气氛,写出一种超自然的高度,他要叫人在看了这部戏以后,觉得那仿佛并不太像日常生活,而世俗凡人激赏莎剧,却是因为觉得他把日常生活写得逼真。我们读《麦克白》剧中那几个可怕女巫的咒语,尽管荒诞不经,但那些鬼话产生的效果,不是让我们心里感到,那是最最严肃,又最最令人惊恐的吗?我们不是像麦克白一样吓得一声不吭吗?我们一经感到她们出现,觉得滑稽吗?若果真如此,则无异于表明,当'邪恶'的化身真的站在了我们面前,我们还哈哈大笑。然而,一旦真把她们搬上舞台,她们便会变成几个老妖婆,引得大人和孩子们发笑。与俗话说的'百闻不如一见'正好相反,亲眼一见,反倒不信了。当我们一见这几个家伙出现在舞台上,就觉得好笑,仿佛因为我们在阅读时对她们信以为真产生了恐惧,作为补偿,故意要让我们在看戏时聊发一笑。阅读时,我们像听奶妈或父母话的孩子一样,把理性判断全都交给了作者。我们笑话自己怎么会害怕,就像孩子以为看见黑暗中有什么,结果拿蜡烛一照什么也没有,便会笑话自己白白害怕了一场。让这些超自然的人物暴露在舞台上,活像拿一支蜡烛，要把她们的虚幻全照出来。实际上，只有在烛光下阅读，才能使我们确信这些可怕的东西真的存在；而这样的幽灵鬼魂一旦到了剧场巨大的吊灯之下，就是骗不了人的，人们可以用肉眼打量他们，从容不迫地把他们的身形勾画出来。剧场灯火通明，观众穿着体面，哪怕是最神经质的孩子，看到这些，心里也不会害怕。"

　　总之一句话，在兰姆心中，高山景行的莎剧，那一点一滴的原汁原味，都只在他剧作文本的字里行间，舞台上的莎剧是无滋无味、无韵无致。换言之，莎士比亚的戏剧诗与舞台剧根本就是云泥之别，莎剧只能伏案阅读，不能舞台表演。今天，该如何理解兰姆的如此断言呢？一方面，兰姆说这番话并非无的放矢，他那个时代雄踞舞台之上的莎剧，的确多经窜改，原味尽失；另一方面，兰姆意在强调，由阅读莎剧文本生发出来的那份妙不可言的文学想象，是任何舞台表演所无法给予的。莎剧一经表演，文学想象的艺术翅膀就被具象化的舞台人物形象给束缚住了，甚至限制死了。单从这一点来看，兰姆的话并不过时。以三女巫为例，再魔幻神奇的舞台表演，也代替不了剧作诗文的原有韵味。

　　与他同时代的著名批评家威廉·哈兹里特（William Hazlitt，1778—1830）在其 1817 年出版的《莎士比亚戏剧中的人物》（*Characters of Shakespeare's Plays*）一书中，关于《麦克白》及其女巫，说过这样一段话很值得玩味，他说："我们可以想见一个演员能把理查这个人物演得相当出色；我们却无法想见一个演员能恰到好处地演好麦克白，使他看起来像一个见过女巫的人。"就我们看到的，所有演员都似乎是在修道院花园剧场或居瑞巷剧院的舞台与女巫相遇,而不是在苏格兰的荒野之上。这些演员对舞台上的女巫一丝一毫也不信。把《麦克白》中的女巫放在现代舞台上,的确可笑。"我们因此怀疑埃斯库罗斯悲剧中的愤怒女神,是否会比女巫更受尊重。习俗和知识的进步影响到戏剧演出,也许有朝一日会把悲剧、喜剧一起毁掉。"

显然,兰姆、哈兹里特多虑了,时至今日,《麦克白》依然以多种艺术形式富有生命力地活着。

比较而言,至少在某一段时间,似乎德国人更是莎士比亚的知音。德国哲学家、诗人、批评家、狂飙运动的领袖赫尔德(J.G. Herder,1744—1803)1771年写下名篇《莎士比亚》,他说:"莎士比亚的全部戏剧,作为一个又一个小宇宙,在时间、地点和创作上,都显出各自的特点。"

事实上,《麦克白》戏剧结构上的最大特点,或说最大亮点,便是对三女巫的构思设计。三女巫不仅为这部篇幅最短的莎士比亚悲剧搭建起坚实的骨架,而且,从一开场三女巫的共同宣言"美即丑来丑即美",直到落幕之前麦克白被麦克德夫砍了头,始终牵拉着剧情的每一根神经。那为数不多的几个充满血肉、灵魂的人物:不管麦克白这对儿邪恶夫妻,还是邓肯、班柯、玛尔康、麦克德夫,甚至出场时间极短的麦克德夫夫人、医生,都是在这副骨架和这套神经系统之下活动的;至于那超自然的班柯的幽灵,以及充满魔幻灵异的"八代国王的哑剧",就更是这神经系统的杰作。

关于女巫,德国诗人海涅(Heinrich Heine, 1797—1856)在其写于1838年的名篇《莎士比亚的少女和妇人》(*Shakespeare's*

Girls and Women）中有一段精彩论述，他说，《麦克白》的题材源于一个古老传奇，"它不是历史，却因为英国王室祖先在戏里扮演了一个角色，它或多或少得演出一点历史的真实。众所周知，《麦克白》在詹姆斯一世在位时上演过，詹姆斯一世本人可能就是苏格兰班柯的后裔。正因如此，诗人还在戏里编进一些预言，以此向执政王朝致敬……莎士比亚的命运观念不同于古人，恰如古代北欧传奇中遇见麦克白向他允诺王冠的算命女人，不同于那几个在莎士比亚悲剧中出场的女巫。那些北欧传奇中不可思议的女人，显然是主神欧丁（Odin）的侍女，她们是令人生畏的精灵，游荡在战场的上空，决定着输赢胜负，理应被视为人类命运的真正主宰，因为在好战的北方，人类命运首先取决于兵戎消弭。莎士比亚把她们变成不祥的女巫，并把她们身上所有北方魔咒世界里可怕的优美全部剥去，使之成为雌雄同体的人妖。她们或出于幸灾乐祸，或出于遵照冥王的指令，驱使巨大的幽灵，酿成毁灭；她们是邪恶的女巫，不论谁一旦受其所惑，谁的灵魂、肉体便一同消亡。就这样，莎士比亚把古代异教世界里的命运女神及其令人敬畏的符咒，改造成基督教的东西，因此，他的主人公的毁灭，也不再像古代的命数运势那样，是一种预设的必然、一种固化的无可挽回的事，而是由地狱里最精细的罗网将人心缠绕起来诱惑的结果：麦克白败给了撒旦的威力，败给了原罪"。

4. "婴儿"与"孩童"

20 世纪四五十年代，对"新批评"（New Criticism）卓有贡献的美国学者、文学批评家布鲁克斯（Cleanth Brooks, 1906—1994）在 1949 年出版了《精致的瓮：诗歌结构研究》（*The Well*

Wrought Urn: Studies in the Structure of Poetry) 一书，其中有篇《裸体婴儿与男子气概的披风》(*The Naked Babe and the Cloak of Manliness*) 专论《麦克白》，读来令人眼前一亮。

第一幕第二场，麦克白有一段独白，他决心"手起刀落"杀掉邓肯，却对人们将为邓肯表现出的悲悯做了一个比喻："而悲悯，也会像一个在风雨中跨马而行的裸体的新生婴儿，或像骑着无形天马凭空御风的天使，要把这骇人听闻的罪恶行径吹进每一个人的眼中，让那流淌的泪水淹没狂风。"

由此，布鲁克斯提出疑问：这个婴儿来自人间，还是天上？若是一个普通稚嫩的新生婴儿，连走路都不会，何谈跨马而行。那这个婴儿是赫拉克勒斯吗？假如是，这个婴儿便是有力的，并不软弱，因而不能成为悲悯的对象。接下来，且不问这个"或"字是否恰当，"骑着无形天马凭空御风的天使"这个比喻，一定比婴儿的比喻更好吗？在此，难道一个骁勇善战的大天使，不比天使更合适吗？莎士比亚到底要在麦克白心里唤起怎样的感情？悲悯，还是对惩罚的恐惧？

疑问远未结束，布鲁克斯接着又发出一连串的问号：莫非莎士比亚的内心还在犹豫？莫非他写得既快又潦草，只是信手拈来用"悲悯"一词，暗指那最典型的可怜对象——风雨中裸体的新生婴儿，随后又想起还应当暗示出麦克白的一种模糊印象，即麦克白感觉自己受到了威胁，而在"婴儿"的启发下，想出了"天使"？这一写法是模糊不清，还是精准到位？组织得松松垮垮，还是严实紧凑？对此曾有过许多评论，有的说很好，有的说很糟。有的说这一段纯属"故作惊人之笔"，也有的对此大加赞赏，说："或者像人间的婴儿,软弱中有令人敬畏之处;或像天堂里的小天使,具有强大的爱与悲悯之情,真是一段辉煌的好诗。"

关于悲悯,关于"裸体的新生婴儿",还有别的话好说吗?《麦克白》剧中,的确还有一些地方,或在意识层面提及婴儿和孩童。有时候,孩童是人物,如麦克德夫年幼的儿子;有时候,孩童又成了象征,如麦克白去找女巫时,听女巫招呼走出来的头戴王冠的孩童;有时候,就像在以上这段中,婴儿是比喻。

布鲁克斯因而断言:"在这么多地方提及婴儿并非偶然,实际上,婴儿也许是这部悲剧中最有力的象征。"这一阐释有些过度,其实,仅就文本来说,莎士比亚除在这一句中用了"裸体的新生婴儿",其他两处用的都是"孩童"。

仔细审视,可以发现布鲁克斯理解有误,这里的婴儿和天使显然都来自天庭。莎士比亚的意思再明确不过,那就是麦克白心里非常清楚,他将要犯下的"这骇人听闻的罪恶行径",不仅会引起世人的悲悯,而且悲悯甚至会像天婴、像天使那样,把他的罪恶"吹进每一个人的眼中",昭告天下。明知十恶不赦,却仍要弑君篡权,真正的象征意味在这儿!也就是说,莎士比亚要借这个富于诗意而壮丽的比喻,来彰显麦克白的野心之大、欲望之强、心魔之巨,即他为实现个人野心,绝不把世人因其罪恶产生的对邓肯的悲悯之情放眼里。

毋庸讳言,以《麦克白》的象征物而言,婴儿和孩童占了主导,因而,关于孩童的预言,成为麦克白最后的命运依托,再恰当不过。麦克德夫与麦克白生死决战之际,宣称自己不是女人生的,而是"还没足月,就从娘肚子里剖出来了"。麦克白只有到了这个时候，才真正意识到自己命数已尽，难逃一死。其实，随便谁都可以预言一个婴儿的出生，可这个婴儿居然不是女人生的。随着麦克德夫发出这一声明，那不可预知的未来瞬间明亮起来。换言之，从象征意义上说，是一个"裸体的新生婴儿"最终判了麦克白死刑。

此时，再回头重新审视一下这段描述——"而悲悯，也会像一个在风雨中跨马而行的裸体的新生婴儿，或像骑着无形天马凭空御风的天使，要把这骇人听闻的罪恶行径吹进每一个人的眼中，让那流淌的泪水淹没狂风。"就别有一番丰富意蕴了。

仔细看，先是把悲悯比作裸体婴儿，最敏感也最软弱无力，随后，它又变成力量的象征，因为婴儿一降生，便能"在风雨中跨马而行"，还能像天使"凭空御风"。如此，前面的问题也迎刃而解，即悲悯到底像人类软弱的婴儿，还是御风而行的天使？两者都像！而且，婴儿之所以有力，恰在它的软弱。所以，正是出现在麦克白眼前这一既对立又统一的矛盾，最终冲破了麦克白的前路屏障，即赖以支撑他的脆弱的理性主义。

同理，麦克白夫人见丈夫杀邓肯以后十分惊恐，嘲笑他："只有小孩儿的眼睛才怕看画里的魔鬼。"显然，杀了邓肯的麦克白，的确是在用儿童的眼睛审视自己的血腥犯罪，既然如此，即使身穿男人的衣服，变成一个嗜杀成性、勇敢坚定之人，也无济于事。

婴儿的象征，在剧情临近落幕时分达到高潮，它把一切矛盾融聚在一起，又顷刻间突然爆发，随着麦克德夫对自己如何降临人世这一宣言，麦克白眼前升起的这个"婴儿"，便不再是什么不可控的未来，而完全变成一个复仇的天使。

5."敲门声"的象征意义

第二幕第二场,开场不久,动手杀了邓肯的麦克白,脑子里就有了仿佛"听见什么声音"的幻觉,向夫人摊开沾满血污的双手,嘴里不由得念叨"好一副惨样",继而幻觉加重,好像就在他杀邓肯的时候:"有个人在梦里大笑,还有个人高喊:'谋杀!'两人都惊醒了:我站住,听他们。他们只是嘴里念念有词祈祷一番,他又倒头接着睡了。"当夫人告诉他,邓肯的两个儿子玛尔康和唐纳本睡在一个屋子里,麦克白更加惊恐地说,"一个喊完了:'上帝保佑我们!'另一个喊:'阿门!'好像他们看见了我这刽子手血淋淋的双手。我能听出他们的惊恐。当他们说'上帝保佑我们!'我的'阿门'却怎么也说不出口。"夫人劝他"别那么当真",他陷入无解的困惑:"可我的'阿门'怎么就说不出口呢?我才最需要上帝保佑,但'阿门'这两个字却如鲠在喉。"

众所周知,希伯来语"阿门"是基督徒祈祷时的结束语,意思是 Let it be so.(但愿如此)。麦克白在此处的致命困惑是,他担心说不出"阿门",意味着上帝因他谋杀邓肯,不再祝福他了。也就是说,他心里非常清楚,弑君是上帝难以宽宥之罪。这样一想,他又觉得刚才还"好像听到一声喊:'别再睡了,麦克白谋杀了睡眠——那是清白无辜的睡眠,是把纷如乱丝的忧虑编织起来的睡眠,那是每一天生命的死亡,是抚慰繁重劳苦的沐浴,是疗救受伤心灵的药膏,是大自然最丰盛的菜肴,是生命筵席上首屈一指的滋养。'"夫人听不懂他话里的意思,这时,内心的惊恐令他开始出现更大的幻觉,使他感觉"整个屋子都是那声音,还在喊'别再睡了':'格莱米斯谋杀了睡眠,这下考德睡不成了——麦克白再也睡不成了！'"因此，当夫人叫他拿出高贵的力量，"去弄点儿水，把手上的血污洗干净"，千万把邓肯两个侍卫的剑放回原处，并给他们涂上血。麦克白竟像干了坏事的小孩子一样，任性地说："说什么我也不去了。一想我干的事都怕：更不敢再去看。"这么一来，夫人真的有理由嘲笑他"意志不坚定""只有小孩儿的眼睛才怕看画里的魔鬼"。

就在这个时候，远处传来敲门声。这是真实世界的声音，从第三场开场得知，这是麦克德夫在敲城堡的大门。

可是，"一有声音就吓得够呛"、早成惊弓之鸟的麦克白，脑子里已没有现实、幻觉之分。现实的敲门声音，驱使他幻觉出一只手来："这是什么手？哈！它们要挖出我的眼睛。伟大的尼普顿所有的海水，能洗净我这手上的血污吗？不能，倒是我这满手的血污会把浩瀚无垠的大海染红，使碧波变成血浪。"显然，此处暗含着两个源自《圣经》的隐喻，一个在"手"，一个在"水"。《新约·马太福音》5：29记载："假如你的右眼使你犯罪，把它挖出来，扔掉！损失身体的一部分比整个身体陷入地狱要好得多。"《新约·马太福音》27：24记载："彼拉多见犹太人不肯释放耶稣，就拿水在群众面前洗手，说：'流这个人的血，罪不在我，你们自己承担吧！'"可见，这里昭示的仍然是麦克白内心强烈的罪恶感，他怕海神尼普顿的"水"也洗不净他"手"上的血污，而这只"手"要把他的"整个身体陷入地狱"。

到这儿，就很好理解，为什么睡梦中被敲门声吵醒的城堡看门人，要把自己调侃成地狱的看门人了。这样的细微处，总能见出莎士比亚戏剧化地营造弦外之音的匠心。

　　门一阵一阵地紧敲，看门人一边走，嘴里一边不停地调侃，一会儿以一个魔鬼的名义问一句，一会儿又以另一个魔鬼的名义再问一句，临开门时说："这地方连做地狱都嫌太冷，我以后再也不给鬼门关看门儿了：我倒真想把各行各业的人都放进来几个，让他们在享乐的罪恶之路上通向永恒的诅咒。"看门人的话外音显而易见，即凡在罪恶之路上享乐的人都该打入十八层地狱。也可以说，那些罪恶之人都该堕入地狱，遭受永劫不复的地狱之火。

　　这同样是麦克白最害怕的！

　　英国散文家、批评家德·昆西（T.De Quincey，1785—1859）1823 年写下他那篇莎评名作《论〈麦克白〉剧中的敲门声》（*On the Knocking at the Gate in "Macbeth"*），论及莎士比亚意在用敲门声增强戏剧效果，使谋害国王的这对凶手在惊恐之中变得更加阴森可怕。

　　昆西分析说，尽管麦克白在动手杀邓肯之前，内心的纠结胜过妻子；尽管他的骨子里也不如妻子凶残；尽管他最终决定行刺邓肯，更好像是受了妻子的指使，但无疑，谋杀邓肯的凶手是他们两口子，他俩怀着同一种杀人之心，目标明确，分工不同，一个当国王，一个做王后。

　　何以如此呢？完全在于莎士比亚刻意要把邓肯和麦克白身上两种极端的人性对照表现出来，因为麦克白心里十分清楚，他要杀掉的是"仁慈的邓肯"，杀这样的国王那是"该下地狱的弑君重罪"。

　　莎士比亚一定要让我们切身感受到，麦克白夫妇心中的人性,那本来极难从人身上彻底排除掉的仁慈和悲悯的性情,是怎样一下子消失殆尽,完全被魔鬼的性情所替代。

事实上,何尝有魔鬼这么个东西?!魔鬼原本就是人性!

昆西指出:"如我所说,诗人非要把人性的退场和魔性的上台揭示出来,并让人们感觉到出现了另一个世界,即诗人要让这对儿凶手置身人间的事务、意图和欲望范围之外。在这个世界里,他俩的形象都变了:麦克白夫人解除了'身上女性的柔弱';麦克白忘记自己是女人所生;这样两人都与魔鬼形象相符,因此,魔鬼的世界瞬间显现出来。"

那如何表现这一层呢?必须把凶手和谋杀同我们的现实世界隔开,"用一条极大的鸿沟切断他们与尘世日常俗物之间的河流,把他们在私密、深奥的地方封闭、隐藏起来;诗人一定要让我们感到日常世界的生活突然停止了——入眠——精神恍惚——陷入可怕的休战状态;诗人必须毁掉时间;断绝与外部事物的联系;一切事物必须自行退隐,脱离凡尘情欲,昏然沉睡。因而,当谋杀一旦结束,犯罪一经实现,邪恶的世界便仿佛空中幻境似的消散了。这时,我们听到了敲门声,是敲门声清晰地宣布反作用开始发作,人性回潮冲击魔性,生命的脉搏重新跳动,我们置身其中的现实世界的活动再次构建起来,由此,我们第一次强烈感到,发生在一切活动停止期间的那段插曲是多么恐怖。"

从象征意义的层面来说,莎士比亚意在暗示,麦克德夫敲开的不仅是麦克白这座谋杀了邓肯的城堡的大门,更是麦克白道德、良心世界的大门。用门房的话说,麦克白城堡的大门,也是地狱的大门,原来他的城堡既是谋杀善良之君的人间地狱,也是通往魔鬼地狱的入口。最后,正是这位见到被谋杀的邓肯,不停惊叫"可怕啊,可怕,可怕""最该遭天谴的谋杀"的麦克德夫,砍下麦克白的首级,亲手将他打入地狱。

四、欲望的惨烈战场

1. 两个邓肯,两个麦克白

2010 年,格鲁吉亚首都第比利斯,导演大卫·多伊爱莎维利(David Doiashavili)执导第比利斯国立音乐剧院上演"诠释特别版"音乐剧《麦克白》,当年即荣获格鲁吉亚国家戏剧奖最佳表演奖,并在 2010 克罗地亚"国际戏剧节"赢得 12 个奖项中最佳表演、最佳导演、最佳男主角、最佳女主角、最佳布景、最佳服装设计、最佳原创音乐、最佳灯光设计、最受观众欢迎 9 项大奖。

在这位生于 1971 年,被誉为国际导演界新星的多伊爱莎维利眼里,《麦克白》是莎剧中"最具戏剧性、最黑暗、最阴郁的悲剧",它并非只是一个描绘谋杀、疯狂、死亡和超自然现象的简单故事,它具有原文本特征,富于悲喜剧的双重性,兼容着智慧、风趣、永无止境的实验性、抒情性以及最伟大诗人超凡的语言功力。

正是多伊爱莎维利这种对《麦克白》倾倒的痴迷,加之他对原文本难以割舍的特殊兴趣,使他这部音乐剧成了格鲁吉亚演绎版的《麦克白》(以下简称格版《麦克白》)。

事实上,格版《麦克白》显示出,与莎剧《麦克白》相比,多伊爱莎维利更对霍林斯赫德"编年史"里的麦克白故事偏爱有加。

这里,两个邓肯,两个麦克白,浮出文学、历史的地表。

莎剧《麦克白》中，邓肯是一位仁慈、友善、亲和的好国王，他对麦克白这位表弟十分宠信、倚重，不吝溢美之词，称他是"勇武的兄弟""最可敬的兄弟""一位举世无双的好兄弟"，除了晋爵封赏，还要继续栽培，令其享足王兄之恩泽。除此，难得的是，尊为一国之君，邓肯还懂得安抚体恤下人，如班柯对麦克白所说："他（邓肯）今天特别高兴，派人给你家仆人房赏去一大堆好东西。"对麦克白夫人，更是表现出得体的王者厚爱，"他称尊夫人是最殷勤好客的女主人，这颗钻石是送给她的。（递钻石）他这一天过得心满意足。"正因此，邓肯在麦克白心里是一位国民爱戴的贤君，"这邓肯宅心仁厚，一国之君，强权在握，却十分谦恭，操持国体，也十分廉洁。"又因此，当他心里刚一冒出谋杀弑君的欲念，便惊恐不安；痛下杀手之前，可怕的幻觉令他感到害怕；狠下毒手之后，立刻陷入失魂落魄的恐惧。

显而易见，莎剧中的麦克白绝非一个"俄狄浦斯式"的悲剧人物，仅凭他弑君之罪一条，就是天理难容、不可饶恕，遑论他又杀了班柯，杀了麦克德夫全家，无法令人心生悲悯。这也是莎剧《麦克白》要揭示的深刻寓意，即人的野心、欲望会唤醒原始人性的魔鬼，摧残道德、毁灭生命。

然而，格版《麦克白》再现的却是另一个邓肯，另一个麦克白。

格版《麦克白》中这位南高加索的邓肯，变成一个骄奢淫逸、残忍乖张、反复无常的昏君，一个浑浑噩噩、猥琐变态、卑鄙下流的老色鬼；麦克白高大威猛、英俊潇洒、气度恢宏；麦夫人雍容富贵、仪态万方、香艳性感。

格版《麦克白》中邓肯的两位王子,玛尔康变成一个只知傻笑的智障,唐纳本则身体残疾,终日与轮椅为伴。而在莎剧《麦克白》中,玛尔康、唐纳本都称得上智勇双全,父王被杀后,他俩审时度势,为免遭杀身之祸,当即决定分头逃亡。后来,面对投奔英格兰的麦克德夫,玛尔康不惜极力诽谤自己,试探麦克德夫是否忠诚可靠。

总之,就格版《麦克白》而言,这样一个麦克白,杀掉这样一个国王,怎不叫人倾洒理解和同情?麦克白杀的是一个活该万死的淫邪国王,这样的弑君之罪,不该得到宽恕吗? 麦克白与麦夫人这么一对儿温情、浪漫的夫妻,最后几乎同时死于非命,还不该令人心生悲悯吗?

然而,这的的确确不是莎剧《麦克白》!

莎士比亚的麦克白,是一个以怨报德杀了贤明国王邓肯的叛臣贼子,杀了高尚贵族班柯的邪恶魔王,杀了无辜的麦克德夫全家的残忍暴君,这样的衣冠禽兽,罪不容诛,死有余辜,没有任何令人同情的理由啊!

无疑,格版《麦克白》是以纠正莎剧《麦克白》"窜改"苏格兰历史、为霍林斯赫德"编年史"中的麦克白正名的名义,远离了文学经典。诚然,时下类似这样对文学经典"最新诠释版"的演绎,并不鲜见,中外皆然。

2. 麦克白之欲

19 世纪法国作家司汤达(Stendhal, 1783—1842)在他那本著名的小册子《拉辛与莎士比亚》(*Racine and Shakespeare*)中,言及莎剧《麦克白》时,只轻描淡写了一句:"第一幕中的麦克白是个正直的人,在妻子的教唆下,他竟然杀死了他的恩人——国王,终至变成一个嗜血的怪物。"除此,他又在"古典主义者致浪漫主义者"的"第一封信"里,再次表达出不以为然的态度:"你为没有上演《麦克白》深感遗憾。它曾上演过,只是观众不愿去看;这是真的,人们不要看女巫的子夜聚会,不要看像通俗剧那样在舞台上两军对峙,武士扭打厮杀,最后麦克德夫手提麦克白的首级上场。"(1824 年 4 月 26 日)可见,这位现实主义作家对 19 世纪初在巴黎上演的莎剧《麦克白》评价不高。

不过,司汤达的评价足以带来一个思考:何以正直的麦克白会在妻子的唆使下,害死身为一国之君的恩人,"变成一个嗜血的怪物"?说起来其实很简单,因为野心燃起了邪恶的欲望之火。

莎剧《麦克白》中,路遇三女巫之前的麦克白,同霍林斯赫德"编年史"里的麦克白几乎是同一个人:正直善良,效忠国王,保家卫国、骁勇善战,浴血疆场、视死如归,哪怕一丁点儿邪恶都没有。尽管剧中并未点明麦克白道德高尚,但从他弑君前后异常纠结的心理活动看,他算是一个曾有过美德的人。

第一幕第三场,三女巫"格莱米斯伯爵""考德伯爵""未来的国王"一连三个预言,惊醒了麦克白沉睡心底的邪欲。一开始,麦克白心里有两个疑惑,首先,"西纳尔一过世,我就是格莱米斯伯爵,这个我明白;可我怎么会是考德伯爵呢?考德伯爵活得好好的,是位很有势力的绅士;至于未来称王,这个预期就像说我是考德伯爵一样,丝毫不靠谱"。其次,他对班柯说:"你不希望你的子孙万代为王吗?那几个女巫在称我考德伯爵的时候,不是这么保证你的子孙万代为王吗?"

哈兹里特在他 1817 年出版的《莎士比亚戏剧中的人物》中说："《麦克白》像一部超自然的悲惨事件的记录……经过麦克白头脑的一切，也分毫不差地经过了我们的头脑……一切都以绝对的真实和生动，呈现在我们眼前——莎剧向来都以开场见长，而《麦克白》的开场又在莎剧中最为动人……从三女巫一上场及麦克白与她们相遇时的描写……我们的思想就已为此后将发生的一切做好了准备……麦克白被命运的蛮力驱使，像在风暴中飘摇的一艘船：他像个醉汉一样摇来晃去；他在自己想法和别人暗示的重压下摇摆不定；他在境遇逼迫下陷入困境；……他的自言自语和对别人说的话，是关于人生的哑谜，他不仅无法破解，还被死死缠在这哑谜的迷宫里。"

的确如此，"被命运的蛮力驱使"堕入"迷宫"里的麦克白，怎么可能明白这两个疑惑之间生死存亡的关联，已经在三女巫那里命中注定了；他能明确的是，随着国王特使罗斯的到来，"考德伯爵"的尊号加身，女巫的预言十分灵验。所以，他对班柯的提醒，"魔鬼为把我们引向罪恶"会事先"设下圈套"，最后"再出卖我们"充耳不闻。因而，班柯也无从知晓麦克白复杂、矛盾、阴暗的心理活动预示着，他的野心已撩开罪恶的序幕："两个预言都应验了，这分明是那一幕即将上演的登基称王大戏的欢快序曲。"

麦克白想当"未来的国王"的欲念蠢蠢欲动。怎么当呢？"这一诡异神奇的劝诱，既不可能出于邪恶，也不可能出于良善——假如出于邪恶，为什么一上来就用一句灵验的预言，给我成功的保证呢？我现在已经是考德伯爵了。假如出于良善，为什么我稍一屈从那劝诱,脑子里的可怕景象便立即使我毛发倒竖,平稳的心也一反常态地突突直跳,撞击着胸肋?可怕的想象总是比实际的恐惧更凶险:我心里闪过的谋杀欲念,还只不过是冥思玄想,却已使我整个身心震颤不已,身心的功能都在这冥思玄想中窒息,除了那虚无的想象,什么都不存在了。"麦克白脑子里已清晰地浮现出谋杀邓肯的可怕景象。但他一方面害怕犯下不可饶恕的弑君之罪:"假如命运要我为王,也就是说,自有命运为我加冕,不用我亲自动手。"另一方面,又觉得命运不能等,必须"亲自动手""要发生的时间挡不住,最糟的日子终有尽头"。

从表层看,莎士比亚用这么一大段旁白来揭示麦克白的心理活动,已十分精彩。若再深一层审视,则会发现莎士比亚更为巧妙的艺术匠心。第四场,邓肯表达对判了死罪的考德伯爵的极度痛心:"世上没有一种法子能让你从一个人的脸上看透内心:我曾把他视为君子,绝对信任。"这话像谶语一样,转瞬就落在继任的"考德伯爵"麦克白身上。邓肯对考德伯爵绝对信任,结果考德伯爵投敌叛国,被他判处死刑;邓肯对麦克白同样绝对信任,因他平叛有功,封赏他继承考德伯爵的尊号,还一度赞誉他是"我当之无愧的考德"。结果正是这个新"考德伯爵",要了邓肯的命!

邓肯真是一位对麦克白好到无以复加的国王,这就更反衬出麦克白弑君的残忍恶毒。为让麦克白获得接待国王的尊荣,邓肯要御驾亲临麦克白城堡。邓肯人还没到,得到丈夫密信的麦夫人已下决心,要用自己的巾帼豪勇去掉丈夫天性里的人情味儿,要叫丈夫的野心同阴毒邪恶做伴为伍。实际上,第一幕第七场麦克白"夫妻斗嘴"那场戏，上演的是麦夫人的魔性邪恶与麦克白一息尚存的美德(或曰所剩无几的正直)之间的决斗。结果，美德、正直被魔性邪恶打得惨败，麦克白亦由此迈上"踏血前行"的不归路。

麦克白想不到，自己这个在战场上杀敌如麻、踏血如泥的大无畏英雄，竟会在弑君的路上惊恐不安、举步维艰："在我眼前摇晃的，不是一把短剑吗？剑柄正对着我的手。来，让我抓住你——我抓不到你，却总能看见你。不祥的幻影，难道你只是一件只可感知却摸不到的东西？ 或者，你不过是想象中的一把短剑，是从狂热的大脑里形成的虚妄的造物？但我仍能看见你，那形状就像我现在拔出的这把短剑一样清晰。(拔出短剑)是你引我走向现在的路；原来我竟是要用这样一件利器。"

这里顺便提一下，剧中写到麦克白幻觉中使用谋杀的利器以及邓肯两个侍卫的武器时，前后不统一，出现"剑"(Sword)、"短剑"或"短刀"(very dagger)、"刀"或"匕首"(dagger)的混用，从军人或侍卫随身佩带的武器来看，very dagger 应是指一种方便携带且适合决斗的短剑，并非今天所说的刀或匕首。因此，译文中统一为"剑"和"短剑"。

麦克白想不到，弑君之前，自己要经历一番可怕的折磨，自己竟"鬼鬼祟祟像个幽灵似的，一步一步接近他的目标——你这坚固的大地，不要从我的脚步声听出方向，因为我怕连路上的小石子都会泄露我的行踪，从而打破正该此时才有的令人惊恐的死寂……我依然能看见你，你的剑锋和剑柄上滴着血，刚才还不这样——根本就没有这么个东西：那形状只是血腥的谋杀在我眼前弄出来的。"

麦克白更想不到,随着邓肯在熟睡之中被他杀死,更可怕的折磨降临了:"我好像听到一声喊:'别再睡了,麦克白谋杀了睡眠——那是清白无辜的睡眠……'"他如惊弓之鸟,吓得拿着杀人凶器来见夫人,遭到奚落、耻笑。他再次出现了幻觉:"一有声音就吓得够呛?这是什么手?哈!它们要挖出我的眼睛。"

麦克白在后悔,后悔里也透出些忏悔:"我清楚自己干的事,但最好我已不认识自己。"他多么希望邓肯不是他杀的,可是,伴着弑君生出的恐惧已像沾在手上的血污一样,洗不掉了。

"假如我在这惨祸发生前一小时死去,我就是活了幸福的一生,因为从这一刻起,我的人生已毫无严肃可言——一切都只不过鸡毛蒜皮:尊崇和荣誉死了;生命的美酒已喝干,酒窖里只剩一些残渣洋洋自得。"

是的,假如麦克白在弑君前一小时死去,他就是一个忠勇、正直、具有美德、活了幸福一生的"格莱米斯伯爵"和"考德伯爵"。因为那时麦克白毕竟没有把邪恶的欲望变成罪恶的行径。可在他将利剑挥向邓肯的一瞬间,维系他人性中正直、美德的最后一个挂钩脱落了。麦克白成为弑君的罪犯。

不过,麦克白在犯罪前、犯罪时、犯罪后接连体验到的恐惧,还只是为人臣子的恐惧。他忘不掉杀人现场的血腥一幕,当麦夫人叫他把侍卫的两把剑放回原处,好栽赃陷害,他像个任性的孩子似的说什么也不回去:"一想我干的事都怕,更不敢再去看。"这从后来赶到谋杀现场的侍臣伦诺克斯的话反衬出来:"他们都二目圆睁,受了惊吓似的一脸惊恐。"这揭示出麦克白的凶残,显然,两个与麦克白相熟的贴身侍卫在被杀前那一刻,发现凶手是麦克白,"二目圆睁",眼神刚来得及透出惊恐,就没命了。这时,麦克白说了一句:"我后悔万不该一怒之下杀了他们。"这个"他们",或许也包括邓肯。因为若想摆脱谋杀嫌疑,杀邓肯,就必须杀侍卫灭口。当麦克德夫质问:"你为什么要杀他们?"他马上神志清醒地辩解道:"邓肯躺在这儿,他银白的皮肤上镶满了金黄色的血,他身上那一道道创伤活像生命打开了缺口,这一个又一个缺口全都是毁灭的门户;两个谋杀者在那儿,浑身沾满了凶手的血污,还有那两把剑,满是血迹,不堪入目。但凡有一颗忠爱之心,而又有勇气彰显这忠爱之心的人,谁能忍得住?"

随着麦克白继位登基,三女巫的三个预言逐一应验,他深藏心底的恐惧升格为君王的恐惧。他记起三女巫的预言使他产生的两个疑惑,即他只是一人独自为王,班柯虽个人不能称王,但其后人将世代为王。这是一种莫名的恐惧,太可怕了!既然三女巫的三预言无一不灵,那唯一可行的就是杀掉班柯,以绝后患。"她们给我戴的是一顶不结果实的王冠,往我手里放的是一根无后可传的权杖,为的是让一只与我的血脉毫不沾边的手把它夺去,我的子孙却不得继承。"麦克白誓与命运一搏,要让自己的后人永掌王权。

王权在握,麦克白不需要鬼鬼祟祟亲自去行刺,以免双手沾满大臣的血污。他命令刺客行刺"一定要在今晚办妥,动手时离王宫远一点儿;千万记住,一定撇清我的嫌疑"。更不需要夫人策划鼓劲、幕后操纵,以免又遭夫人奚落自己不像个男人。他运筹帷幄,密派杀手,不要半点"人情味儿",誓要"一击致命"。他要在妻子那儿赢得一个男人的尊严和君王的威严。但他并不踏实,心里直犯嘀咕。《麦克白》非常耐人寻味的一点在于,麦克白在彻底沦为嗜杀成性的暴君之前,对夫人始终依赖,甚至有时表现得像个长不大的孩子。尽管他没事先将暗杀班柯的计划告知夫人,但他从夫人那里获得一份不亚于三女巫预言的邪恶助力,即他相信夫人说的,班柯父子的生命"是可以侵犯的"。这才使他从忧心忡忡变得欢快起来,决心让"坏事靠邪恶更使它变本加厉"。

然而,正当他以王者之尊在王宫大厅宴请豪门贵宾时,得到了班柯之子弗里安斯脱逃的消息。他一下子垮掉了,三女巫预言灵验的神力让他瞬间意识到:"大蛇躺在那儿,那逃走的小虫,按其天性迟早会生出毒液,只是现在还没有牙。"班柯的幽灵也一下子冒出来,坐在他国王的宝座上。

法国 18 世纪文学理论家斯达尔夫人(Madame de Stael, 1766—1817)在发表于 1799 年的著名论著《论文学与社会建制的关系》(*De la littérature dans ses rapports avec les institutions sociales*)(即《论文学》)中,赞誉莎士比亚是"恐怖之王":"莎士比亚把怜悯描写得多么出色,而他所写的恐怖又是多么有力啊!他将恐怖从罪恶之中浮现出来。我们也许可以像《圣经》谈到死亡那样,在谈莎士比亚所写的罪恶时这样说,他是'恐怖之王'。在《麦克白》一剧中,人物的悔恨与随着悔恨而逐渐强烈起来的疑神疑鬼的心理,结合得多么好啊!"

麦克白的恐惧非但没有随着班柯的幽灵一同消失,反而因对麦克德夫顿生疑心,提升到最可怕的暴君级。精神越受折磨,内心的恐惧越厉害。事已至此,他必须主动(其实还是被动)去找早就为他设计好新的命运恭候多时的三女巫。他明白，他只剩最后一招："非要用这最邪的办法，从她们嘴里知道我最惨的结局不可。为了我的利益，其他所有的一切都得让路：我已在血泊中走了好远，若不继续踏血前行，回头路也一样令人厌烦。"贵为君主的麦克白国王再见到三女巫时，已没了头一回的客气："假如你们能开口说话告诉我你们是什么人？"这一次，他的话比当初班柯对三女巫的呵斥更难听："你们这些隐秘、邪恶、夜里欢的女巫！这个时候在干什么？"

莎士比亚为在这部篇幅不长的短悲剧里，把欲望和恐惧演绎得热闹、好看，真是绞尽脑汁，他把第四幕第一场设计成麦克白与三女巫的"斗法"，与第一幕第七场的"夫妻斗嘴"相映成趣。不过这次，莎士比亚换了花样，他不再让三女巫口授预言，改由三个幽灵（"命运的神灵"）逐一亮相、预言，并专门为麦克白演了一出"八代帝王的哑剧"。三个幽灵的预言和哑剧，揭开了麦克白将掉进欲望的惨烈战场（或曰欲望的绝望深渊）的序幕。

麦克白妄想凭借王权，从三女巫那里获得主宰自己命运的权力，从此高枕无忧。此时此刻，他只关心王权能否永固。

因此，他不关心第一个幽灵是"一颗戴盔的头颅"——这预示他未来的命运将是头颅被麦克德夫砍下后交给玛尔康；而只关心预言："当心麦克德夫，当心费辅伯爵。"

他不关心第二个幽灵是"一鲜血淋漓的婴儿"——这暗示麦克德夫不是由母亲产道自然落生，而是剖腹产的婴儿；他只关心预言："要残忍、大胆、坚决；你只管对人的力量轻蔑一笑，因为没有一个女人所生的孩子伤得了麦克白。"

他不关心第三个幽灵是"一头戴王冠的孩童，手拿一根树枝"——预示班柯的子孙将头戴王冠，世代为国王；手拿树枝，则预示玛尔康将手拿一根伯南姆森林的树枝在前进；而只关心预言："性情要像狮子一样凶猛、骄狂，谁惹你发怒，谁招你气恼，或有谁在哪儿密谋造反，你根本不用理会：若非有一天，伯南姆大森林的树林移动到邓斯纳恩的高山上来攻击麦克白，他永远不会被征服。"

于是，麦克白安心了："叛乱的头颅永不能抬起，除非伯南姆的树林起来造反，我们至高无上的麦克白将寿终正寝，尽可安心颐养天年，不会死于非命。"对呀，埋入坟墓的班柯怎么可能再抬起头来？伯南姆森林怎么可能移动？世上怎么可能有不是女人所生的孩子？

突然，麦克白像明白了什么，他追问三女巫："我悸动的心还想知道一件事：告诉我——假如魔法足以让你们解答我的疑惑，班柯的子孙会不会在这王国君临天下？"

终于，麦克白看懂了"哑剧"："头发上沾满血污的班柯冲我微笑，向他的后世子孙表明，他们将世袭这金球和权杖所象征的王权。"因此，当三女巫倏然间遁形消失以后，麦克白对前来报信的伦诺克斯说："凡信她们的都该受诅咒下地狱！"

肩负着为邓肯、为班柯、为全家、为所有被暴君杀死的无辜生命报仇雪恨的麦克德夫，怒斥麦克白别指望什么符咒："麦克德夫还没足月，就从娘肚子里剖出来了。"

麦克白崩溃了："愿说出这句话的舌头遭诅咒，因为它吓得我丧失了男子汉的勇气！""千万别再信那些骗人的魔鬼，他们拿有双重意义的暧昧话耍我们,只顾嘴皮子信誓旦旦地过瘾,却让我们的希望破灭!"

麦克白被麦克德夫砍头身亡。

此时,若联想一下"婴儿"比喻在剧中所具有的象征意义,就更值得回味了。第三幕第四场,麦克白被班柯的幽灵吓破胆,遭麦夫人耻笑时,他还不甘示弱地故意逞强:"凡是人敢干的事,我都敢:无论你像一头凶猛的俄罗斯毛熊、一条浑身粗皮硬如铠甲的犀牛,还是一只赫卡尼亚的猛虎出现在我眼前,只要不是现在这样子,我坚强的筋肉绝不会有一丝颤抖;或者你死而复生,胆敢用你的剑在不毛之地向我发起挑战,哪怕我有半分胆怯,你完全可以公然宣布,我是一个少女生的孱弱的婴儿。"这一方面说明,头上带血的班柯的幽灵,在彼一时刻已把麦克白吓得像一个"孱弱的婴儿";另一方面,麦克白到最后与麦克德夫决战的时刻,他这个"少女生的孱弱的婴儿"惨败给一个不是"女人所生"的"鲜血淋漓的婴儿"——麦克德夫。这个寓意真太绝妙了!

麦克白是被野心欲望这剂万恶的毒药杀死的。

显然,阐释、剖析麦克白的悲剧,离不开人性与基督教两个层面。简言之,用德国哲学家叔本华(Arthur Schopenhauer,1788—1860)的名著《作为意志和表象的世界》(*The World as Will and Representation*)中的两段精辟论述,即可做出深刻诠释:"人由于受意志控制,始终充满痛苦。可以说,人的欲望乃一切痛苦之根源;欲望不能满足,即陷入痛苦之中;欲望得到了满足,随之而来的快乐也非常短暂。因为,人会接着产生更多的欲望,从而生出新的痛苦。但假如人没有欲望,又会陷入空虚的百无聊赖之中。"麦克白正是这样,他本可以成为一个伟大的忠臣、统帅,结果,受欲望的意志控制,始终充满痛苦,当上国王之后的快乐非常短暂,继而更多的欲望导致更新的痛苦、更多的杀戮,直到堕入深不见底的欲望深渊,自我毁灭。

"憎恨、愤怒、嫉妒、怨恨和恶意,这些隐藏、郁结在我们心中的东西,好像毒蛇牙齿里的毒液,一旦时机成熟,就会喷涌而出。到那时,人就变成一个挣脱了镣铐的、肆无忌惮的、凶残狠毒的魔鬼。假如没有等到合适的机会,那它最终只能抓住一个十分微小的机会,而其具体的实施方法,也只能在想象中将这些发作的借口放大。因此,我们必须要盯紧内心深处的魔鬼,不给它做恶的机会。"麦克白正是这样,假如三女巫不给他产生欲望的机会,邓肯不是出于宠幸御驾亲临麦克白城堡,或许合适的"做恶的机会"也就失之交臂了。遗憾的是,假设无意义,悲剧是现实。

再从基督教层面来看,毕竟如此塑造麦克白的莎士比亚活在"上帝活着"的时代,他的麦克白自然逃不掉全能上帝的约束、管辖。然而,比起信上帝,麦克白更愿意信魔鬼。对于麦克白,《圣经》天经地义该是他遵循恪守的天条,是他道德良心的最后底线。可当野心的邪欲一旦变成他的主宰,上帝就成了一个多余的假设。因此,从《圣经》切入探究麦克白的悲剧才是万变不离其宗。

《旧约·诗篇》51:9—10:"求你掩面不看我的罪,/ 涂抹我一切的罪孽。/ 上帝啊,求你为我造一颗纯洁的心,/ 求你重新赐给我一个又新又忠诚的灵。"麦克白杀了一个"非常爱他,还会继续给他恩宠"的好国王,他多么希望上帝视而不见,这样,他便可以心安理得。

《旧约·箴言》5:22—23:"邪恶之人陷入邪恶的罗网,他必被自己的罪恶之网捉住。他因不能自制而丧命,极度的愚昧使他沦亡。"麦克白从一开始就掉进了自己编织的邪恶罗网,始终无法摆脱罪恶感的折磨,终至丧命、沦亡。

《新约·约翰福音》8:34:耶稣对他们(那些自称是亚伯拉罕子孙的人)说:"我郑重地告诉你们,每个犯罪的人都是罪的奴隶。"麦克白从觊觎苏格兰王权,燃起谋杀欲念的那一刻,就变成"罪的奴隶",再也无法挣脱"罪"的驱使。

《新约·罗马书》6:22:"罪的代价是死亡;但是上帝所赐给我们的恩典是跟主基督耶稣合而为一,而得到永恒的生命。"麦克白从一开始就清楚自己所犯"罪的代价是死亡",弑君是最亵渎神明、最该遭天谴、最该下地狱的万劫不复之罪。正因为此,麦克白身心所遭受的那种恐惧折磨才会那么无助。他贪生,他怕死,更怕在地狱中受永刑。

《新约·雅各书》1:12—17:"遭受试炼而忍耐到底的人有福了……一个人受引诱,是被自己的欲望勾引去的。他的欲望怀了胎,生出罪恶,罪恶一旦长成就产生死亡。我亲爱的弟兄们,不要被愚弄了!"显然,麦克白在他"未来的国王"的"欲望怀了胎"的那一瞬间,便生出了叛逆弑君的罪恶,罪恶越长越大,"产生死亡"。麦克白被三女巫的谎言愚弄了。麦克白的命运也意在警示,人最容易在谎言编织的欲望里迷失。

《新约·约翰一书》3:8—9:"凡犯罪之人都是魔鬼之子,因为魔鬼从太初就犯罪。上帝的儿子显现,就是为了毁灭魔鬼的罪恶行径。凡上帝的子女都不犯罪,因为他们的生命里有上帝。"显然,为能延续自己的王权、生命,麦克白决心抛弃一切人间的善良、正直、美德,他竟以"黑魔法"(即邪恶的巫术)的名义恳求三女巫明确告知他的未来命运:"哪怕宫殿和金字塔的尖顶, 都倾覆在地基之上;哪怕大自然一切造物种子的胚芽顷刻间全部损毁,直到连毁灭本身都心生厌恶——这一切我都不在乎,我只要你们回答我。"他的生命里不再有上帝!

在"上帝活着"的年代,一个基督徒的生命里不再有上帝,多可怕啊!此时,再回想麦克德夫一见到邓肯被杀的血案现场时的惊叫:"可怕啊,可怕,可怕!叫你想不到,说不出的恐怖!"也就具有了双重意味,一是血腥的恐怖可怕到了无以言表,二是那杀害国王的凶手,生命里不再有上帝。因为"谋杀打开了上帝受膏者的圣殿,偷走了里面的生命"。

人本身是一个欲望体,尽管生命短暂,认知有限,却欲望无穷。因人的灵魂掉在欲望的罪里, 故而要接受上帝的管束和制约,假恶丑是上帝所不允许的。也因此,可以从莎剧《麦克白》得出一种源自《圣经》的解读:消弭欲望,放弃不义,毁灭罪恶,回归"上帝之城"。只有在上帝的国度,人因上帝之爱,才能过上一种纯粹道德的、正义的,至真、至善、至美的生活。只有上帝才能拯救人的灵魂!虽然这种说法在基督教盛行的年代颇具说教意味,但它毕竟教导人们向善、抵制邪恶。

这会是莎士比亚所想吗?也许是,也许不是。假如不是,不妨当成"文学的幻想"。不过,在任何时候研读莎剧,《圣经》都是一把解码的钥匙。

3.古今麦克白

《麦克白》从 1606 年在伦敦的舞台首次演出,至今已 400 多年,400 多年的演出史同时是一部长卷的诠释史,也是一部舞台形式的研究史。

每一个《麦克白》的读者心里都有一个文学的"麦克白",每一个饰演麦克白的演员就是一个舞台的"麦克白",而对于查尔斯·兰姆这样只钟情莎剧文学剧作的读者,有形的舞台形象永远不可能与他无限的文学想象相吻合。按兰姆的意思,莎剧舞台根本没必要存在。尽管兰姆认定莎剧只是用来读的,不能上演,但莎士比亚当初写戏的目的,只是为了演出。他得靠写戏生活。

饰演过麦克白的演员不计其数,舞台上的麦克白形象不尽相同,简言之:有的麦克白是一位气宇轩昂的英雄,在野心的欲望下弑君犯罪;有的麦克白又是一个畏首畏尾、神经兮兮的罪犯,始终被罪恶感纠缠;有的麦克白干脆是一个行为反复无常的精神变态者;有的麦克白从一开始就成了自我野心的俘虏;有的麦克白开场时举止儒雅,逐步被犯罪的欲念和罪行逼得痛苦不堪;有的麦克白十分理智,完全变成一个不会动感情的人;有的麦克白又是一个十足的蛮子,而不是受野心主宰的将军;有的麦克白只是一个鲁莽的大将,道德的懦夫;有的麦克白满脸杀气,透出一副粗野的恶棍样儿;有的麦克白忽而是一个嬉皮笑脸的坏蛋,忽而是一个目露凶光的疯子,摇身变成"伊阿古的堂兄";有的麦克白变得越来越高尚,富有自知之明;有的麦克白坚韧不拔、残忍异常；有的麦克白大大咧咧、随随便便等等。

兰姆会说，这些都不是读者心里的麦克白！可事实上，在所有读者的文学想象里，并不存在一个标准版永恒不变的"麦克白"。无论舞台、歌剧、音乐剧，还是电影里的"麦克白"，一直在变，只有人性的欲望亘古未变。

美国电影理论家道格拉斯·布罗德（Douglas Brode）曾在其2000年由牛津大学出版社出版的专著《电影中的莎士比亚：从默片时代到〈莎翁情史〉》(*Shakespeare in the Movies: From the Silent Era to Shakespeare in Love*)一书中，不无夸张地说："与其说莎士比亚戏剧是剧作，还不如说它们是电影剧本，是在电影诞生前三个世纪就写好了的电影剧本。"

这是莎士比亚戏剧不断改编成电影的一个重要原因。从1895年电影在巴黎"大咖啡馆"诞生至今100多年的电影史，对莎剧的改编、上演从未停止过。仅默片时代，改编、上演莎剧电影即达400多次。按《吉尼斯大全》(*Guinness Book of Records*)记录，有声电影出现后到20世纪80年代中期，称得上"忠于原著"的莎剧电影改编达到270次。据"因特网电影数据库"(Internet Movie Database)的数据，截至2015年12月，不算尚未制作完成的19部电影，根据莎剧改编的电影高达1110部。莎剧电影成了一个工业。

莎剧《麦克白》会继续在舞台上演，《麦克白》电影也将继续拍摄。无论舞台、电影，仅凭"再现莎剧经典"这样一句简单直白的广告语，便足够吸引大众的眼球，其实，这个时候，至少对于莎剧的戏迷、影迷，若能先回归阅读，无疑十分有益。

五、麦克白夫人:恶魔的化身

1.舞台表演与戏剧原型

与查尔斯·兰姆同时代的莎拉·西登斯夫人(Sarah Siddons,1755—1831)是18世纪最负盛名的莎士比亚悲剧女演员,她饰演得最出彩、最令人难忘的角色,便是她塑造的麦克白夫人。这一舞台形象,长期以来一直被视为英国戏剧舞台艺术的最伟大典范之一。

这个被观众广泛认可、接受、喜欢、同情的麦克白夫人,是莎士比亚的麦克白夫人吗?不用说,兰姆肯定不赞同!

然而,很简单的一个道理是,戏剧文本一旦搬上舞台,它便不再单纯属于那个编剧的作者,它属于导演,或许更属于演员。单从莎剧《麦克白》首演至今已400多年的舞台演出史,及期间据此改编的诸多版本的影、视、剧(包括歌剧、舞剧、音乐剧)来看,同饰演麦克白的情形一样,几乎每一位女演员都是在饰演那个属于她自己的麦克白夫人。比如,有的麦夫人十分脆弱,似乎只是出于妻子对丈夫的忠诚、顺从,才变成与丈夫合谋杀死邓肯的共犯;有的麦夫人过于温文尔雅;有的麦夫人显得胆小怕事,不敢作为;有的麦夫人特别有女人味;有的麦夫人过于恣肆无忌,反倒显不出杀人的动机;有的麦夫人始终含而不露,把野心和疯狂表现得很有节制,只在梦游时显出深重的负罪感;有的麦夫人又将骄狂专横和冷酷无情表演到极致等等,不一而足。

以上花样繁多的麦克白夫人,都属于莎士比亚吗?要是兰姆,他一定会说,她们充其量只属于莎剧舞台,绝不属于莎剧

文本;她们只属于剧场观看,不属于灯下阅读,二者切不可同日
而语。

兰姆似乎有点老古板儿。

不过,正如不同个性、气质、情感的女演员势必会在舞台上
演出不同的麦克白夫人一样,批评家和研究者运用不同的理论,
也会对麦克白夫人得出不同的理解、诠释,甚至对约定俗成的传
统看法做出颠覆、解构,这里颇具代表性和典型意义的是用"原
型理论"和"女权批评"的方法所做的研究。

比如,作为原型批评派集大成者的加拿大文学批评家诺斯
罗普·弗莱(Northrop Frye,1912—1991),在其名著《伟大的代
码:圣经与文学》(*The Great Code: The Bible and Literature*)中,
将《圣经》中的女性分成启示型、恶魔型和中介型三类:启示型的
典范当属体现着仁慈、关爱、博大、包容的圣母马利亚以及像她
一样能给人带来欢乐、繁荣,使人生发愉悦联想的圣女,如《旧
约·箴言》中的新娘;中介型比较普遍,最典型莫过于夏娃,她原
是伊甸园里纯净的女性,受了蛇的诱惑偷吃禁果之后,变成一名
人间凡女,成为人类的母亲,经历了原罪、赎罪的轮回;恶魔型的
代表则是《旧约·以赛亚书》里的莉莉丝(Lilith),即传说中的"夜
间女妖"(也可作"夜之魔女"),是情欲和罪恶的化身。这并不难
理解,有许多犹太教教义都将罪恶放在莉莉丝的身上。

因而,源于此得出的结论也不言自明,即麦克白夫人完全是
一个恶魔般的妖婆、恶妇。这其实与对麦克白夫人长期占主流的
传统看法并无本质不同,即麦克白夫人是一个穷凶极恶、阴毒残
忍、毫无人性悲悯、毫无道德良知的恶妇形象。

不过在此,倒可用原型批评的方法对麦克白夫人做更深一层的剖析。

莎士比亚对《圣经》烂熟于心,他不可能不知道这个在《圣经》中并未过多着墨描绘的"夜间女妖"的原型,是那个由古犹太传说中变到文学故事里的"莉莉丝"。关于莉莉丝的故事,在1947年至1956年间于死海附近的旷野山洞里发现的《死海古卷》之《死海文书》中有记载,这部古文献约于公元前2到前1世纪之间写成。

简言之,这个与《旧约·创世记》背道而驰的古犹太传说是这样的:

上帝同时创造了亚当和莉莉丝,莉莉丝是世界上的第一个女性,乃亚当的原配夫人(关于此,据另外的希伯来传说,还是上帝先创造了亚当,后因亚当长期跟动物性交,向上帝表达不满,上帝垂爱,特地为他创造出妻子莉莉丝。"莉莉丝"名字的含义即指"暴风""恶魔"或"情欲"。有了妻子,跟动物性交自然成为禁忌,《旧约·申命记》27:21:"跟动物性交的,要受上帝诅咒。")。后来,莉莉丝对自己身为柔弱的女性向上帝发泄不满,于是有了以下对话:

> 莉莉丝:天父,为何我与亚当不同?
>
> 耶和华:因为他是你的配偶。
>
> 莉莉丝:为何他是男人,我是女人,而又比他柔弱?
>
> 耶和华:孩子! 你的能力是被安排好的,只要在伊甸园,你就是柔弱的。

莉莉丝：我将离开这里，去追求我想要的力量。

就这样，莉莉丝丢弃亚当（另有传说，莉莉丝对自己与亚当的性生活十分不满，亚当要以男上位行房，莉莉丝觉得既然两人同出尘土，便生来平等，也要上位行房，并辱骂亚当粗鲁、自大），离开了神的净土"白之月"，去往红海。红海是一种比喻，指无限的地狱——地球。再后来，上帝见派去的大天使力劝莉莉丝回心转意无效，遂下决心放弃莉莉丝，便趁亚当熟睡之际抽出他的一根肋骨，创造了夏娃。后来，莉莉丝遇见了撒旦，并与野兽和魔鬼们性交，每天产下 100 个孩子（因此，莉莉丝这个名字又有了"荡妇"之意）。具有讽刺意味的是，与人类始祖亚当、夏娃寿数有限不同，莉莉丝在堕天之前便享有了永生，相貌永远青春美丽，男人一见，无不倾倒，汲取男人精气，更可长生不老（由此推测，莉莉丝现在依然活着）。

如此一来，再读麦克白夫人的自白："解除我身上女性的柔弱，让我从头顶到脚指尖儿都充满最恶毒的凶残！把我血液变浓稠，阻止怜悯流进心头，别让天性良心的刺痛动摇我残忍的意志，别让我在结果和意图之间犹疑不决！"便不难感觉到，这里显示的，分明是莉莉丝想要向上帝讨要跟男人一样的力量。

再读麦克白夫人的誓言："我给婴儿喂过奶，知道一个母亲对吸吮她乳汁的婴儿是多么怜爱；但假如我像你一样，曾就此事发过毒誓，那我也会在婴儿对我绽开微笑的时候，把我的乳头从他还没长牙的牙龈下拔出来，把他的脑浆子摔出来。"这绝对是那个不甘位于男人体下，而与野兽、魔鬼狂交的莉莉丝，好像自己的孩子反正是跟魔鬼胡乱生出,随手摔死毫不足惜。除了莉莉丝,哪一个人间母亲会下如此毒手? 夏娃就不会!

再读麦克白夫人的台词:"他们的生命契约又不是永恒的。"这既是在给杀了邓肯之后惊恐不定的丈夫打气鼓劲儿, 叫他像个大丈夫一样意志坚定,同时,更是在表达对上帝的不满。

到此,再读《旧约·箴言》第 31 章所描述的"贤惠的妻子":"她的价值远胜过珠宝! ……她一定使丈夫受益,从不使他受损……她坚强,受人敬重,对前途充满信心。她开口就表现智慧;她讲话就显示仁慈……娇艳是靠不住的,美容是虚幻的,只有敬畏上帝的女子应受赞扬。"即可明白莎士比亚如此刻画麦克白夫人的匠心所在,结论似是不必说了,没错,麦克白夫人不是苔丝狄蒙娜那样的《圣经》里的"贤惠的妻子",反过来,她是使丈夫受损、机关算尽太聪明、毫无仁慈可言、不敬畏上帝的女魔王,活脱脱一个莉莉丝转世现身。

莉莉丝是麦克白夫人的一个"原型"。其实,拿这个"原型"来为莎士比亚研究中的"女权批评"站脚助威再合适不过。英国学者朱丽叶·狄森伯莉(Juliet Dusinberre)1975 出版的论著《莎士比亚与女人的天性》(*Shakespeare and the Nature of Women*),被誉为从女权主义视角研究莎剧的开山之作。朱丽叶女士把莎士比亚视为一位超前的女性主义者,在具体论析麦克白夫人时,她从揭示女性要摆脱父权制束缚及平等追求权力的角度, 认为麦克白夫人追求权力有其合理性。显然,朱丽叶眼中誓要"解除我身上女性的柔弱"的麦夫人,是一位敢于突破父权制社会规范的女性,她以一种极端的方式参与到男权社会中,她为追求权力表现出来的残忍并非源于本性,而是男权社会的产物。因此,朱丽叶以为,与其说莎士比亚在剧中谴责的是麦夫人,倒毋宁说他是在鞭挞那个导致麦夫人走向残忍、走向犯罪的男权社会。

假如此说成立,那位古犹太传说中在性交体位上都一定要与男人平等的莉莉丝,是否就成了女性主义的先驱?

除了"原型批评"和"女权批评",莎剧研究还有"历史主义""心理分析"等方法。另外,像英国著名小说家弗吉尼亚·伍尔芙(Virginia Woolf, 1882—1941)在其《一间自己的房屋》(A Room of One's Own)一书中提出的"双性同体"思想,即每个人身上都兼具男女两种特质,也被有的莎学者拿来品评麦克白夫人,认为麦夫人典型地体现了这两种特质的冲突,她既有属于女性特质的爱情渴望、情感细腻、脆弱柔软,同时也兼有男性特质的意志力和政治野心。或者说,她一门心思追求权力表现出了野心、无情,而把自己作为女人天性中的柔情、母性、脆弱抑制住了。

在此不一一赘述。

2."野兽""女妖",抑或女中豪杰?

或是因了女权批评的兴起,也许更主要还是女性主义的不断张扬,影响到了男性导演大卫·多伊爱莎维利的情感倾向,使他要在其轰动国际戏剧界的那部格鲁吉亚"诠释特别版"音乐剧《麦克白》中,塑造一个史无前例的麦克白夫人。

这个麦克白夫人的确非同凡响。莎剧文本中的麦夫人出场极为普通,读着丈夫的来信,对丈夫野心有余、邪恶不足的性格发出叹息。这部音乐剧里的麦夫人,却是明星般闪亮露脸,舞台上她先被一层纱幕遮挡,随着独白加入混合音响,纱幕慢启,露出女神般的面容,只见她身穿两片光鲜耀眼的马赛克金袍,在两堵墙之间叉开双腿,将女性的神秘和诱惑尽现眼前。

迎接国王的那场戏,这个崭新的麦夫人走上 T 台,秀出迷人的风采。导演为让麦克白夫妇谋杀邓肯具有合理性的一面,以引起观众的同情,让他对出迎而来的麦克白夫人进行性骚扰,极尽色鬼挑逗之能。待国王离开,麦夫人脱掉外衣,喘着粗气,倒在丈夫怀里。这样的一个国王,活着也多余。

原剧中,谋杀邓肯之前、之后,麦克白都出现了幻觉,陷入惊恐,麦夫人始终异常镇定、心硬如铁、残忍嗜血,而在这部音乐剧的舞台上,变成麦克白夫妇面对彼此手上的血污,在惊恐之中相拥而吻,浑身颤抖。

音乐剧为表现这对恩爱夫妻始终葆有一份浓得化不开的温柔缠绻、情感热烈,第一幕第一次同台时,麦克白跪于夫人脚下,二人平伸双臂,相交一处,一个仰头,一个俯首,引颈激吻,情景美丽、浪漫、动人;之后,当二人经过内心的纠结、缠斗终于下决心杀掉邓肯,再次接吻;杀邓肯之前,有了第三吻;杀班柯之前,又有了第四吻。

第五吻发生在第五幕麦克白被杀前,得知夫人自杀,已众叛亲离的麦克白挂着吊瓶爬到夫人尸体旁,晃动她的手臂,继而起身迎敌,身受致命重伤,最后倒在夫人身边。这时,舞台灯光由红变蓝,音乐渐变抒情,二人牵手,起身亲吻,双双倒地。这不是那个原剧中对夫人的死无动于衷的麦克白,这是爱情至上的麦克白!这一吻的死别,是在绝情的悲伤里凸显麦克白夫妇的爱情之坚贞、情感之崇高,已经和罗密欧与朱丽叶、奥赛罗与苔丝狄蒙娜的一死而吻异曲同工了。

除此，音乐剧还刻意把麦克白夫人梦游的一场戏，渲染得悲凉、凄清、动情，人物位于纱幕后，投在纱幕上的现场视频与台词混响，配以小提琴的抒情旋律，以此表现麦夫人可怕的精神分裂和内心的哀鸣幽怨。

可是，这位焕然一新、令人惊艳、极具现代女性气质的女神，还是莎士比亚的麦克白夫人吗？

事实上，将邪恶、残忍的麦克白夫人柔情美化早有先例。1838 年，海涅便在其《莎士比亚的少女和妇人》文中，表达过一种困惑。他说，麦克白夫人这个邪恶透顶的坏女人，在德国的名声曾一度好转，以至于舞台上的麦克白夫人变得柔情缱绻，对丈夫洋溢出来的爱心，叫柏林观众看了无不动容，竟会生出同情之心。海涅对此忧心忡忡，他要告诉德国同胞，这个被有些人认为"和蔼可亲"的、"善良的麦克白夫人实在是一头凶猛无比的野兽"。

与之相比，歌德更称麦克白夫人是一个"超级女巫"。

3.恶毒的女魔鬼

归根结底，这里要剖析的麦克白夫人是莎剧中的艺术形象，不是舞台人物。最明智的做法是返归文本。

1817 年，哈兹里特在其名著《莎士比亚戏剧中的人物》中论及麦克白夫人时说指出："她那顽强的意志力和男人的坚定性格，使她高出她丈夫游移不定的性格。她不仅能立即抓住彻底实现那向往已久的荣华富贵的机会，而且，在一切尘埃落定之前，不达目的绝不退缩。她的罪大恶极几乎被她的巨大决心遮掩了。

她是一个伟大的坏女人，我们恨她，但与恨相比，我们更怕她。她并不像里根和高纳里尔那样令我们心生厌恶，她之所以邪恶，只在于她要达到一个很大的目的；她与众不同的地方或许并不在她心狠手辣，而在于她处事不惊的冷静头脑和坚定的自我意志，这使她一旦打定坏主意，便不会因女人的软弱产生懊悔，加以改变。麦克白的话形象地刻画出她那异常坚定的性格在他脑中烙下的印记：'只生男孩儿吧，凭你这无畏的气质，只该铸造刚硬的好汉。'

在此，顺着哈兹里特的思路，再来细致分析一下麦克白夫人的性格、命运。

无疑，麦克白夫人性格中的雄性潜质与生俱来，她是一个具有男性意志力的女人，若非收到丈夫的信，告知三女巫预言之事，这一潜质还会继续沉睡。若此，她可能永远是一个邓肯眼里"高贵富丽的女主人"，麦克德夫眼里麦克白"温柔的夫人"。从剧情有理由确信，假如不发生谋杀，麦夫人便是一位外人眼里高贵、富丽、温柔的夫人，丈夫眼里忠贞、贤惠、顺从的妻子，"最亲爱的分享尊荣的伴侣"，与麦克德夫夫人同属《圣经》里"贤惠的妻子"。

然而，魔鬼改变了一切！恰如三女巫的预言唤醒了麦克白欲望的魔鬼，丈夫的信也使麦夫人的心魔睁开双眼。一瞬间，麦夫人便下定决心，一定要帮丈夫实现伟大的君王梦。知夫莫若妻，麦夫人深知丈夫"太有人情味儿"，有野心，却缺乏"与野心相伴的阴毒邪恶"，不敢一下子害人性命，一心想得到的东西，非要以圣洁的方式获得。她点出了丈夫的致命弱点："既不想要奸弄诈，却又想非分得到。""你只是怕做这件事,并非真心不愿做。赶快回来吧,我好把我的情感性灵倾入你的耳中,好用我舌尖上的勇气痛斥阻碍你得到皇冠的一切,命运和超自然的神力似乎都要助你一臂之力,帮你把皇冠戴在头顶。"

这哪里是"贤惠的妻子",这是一个思维缜密、瞅准时机便果断出手的谋略家。而且,从这句独白——"你们这几个帮凶的魔鬼,无论隐身何方,静待着人类的罪恶,都到我的胸乳来,把奶水吸吮成胆汁吧!"来看,麦克白夫人还担心魔鬼(三女巫)会变得胆小,隐形躲藏,她要让她们喝她的奶水壮胆。这已经比魔鬼还魔鬼了。

因此,当麦夫人得知邓肯要来城堡过夜,立即决定,天赐良机,绝不错过。她见丈夫心有疑虑,斩钉截铁地说:"啊!休想再见到明天的太阳!我的伯爵,你的脸活像一本书,甭管谁一看,都能知道上面有什么隐秘的事——为骗过世人,你的表情要恰如其分:从你的眼里、手上、舌尖,流露出好客的殷勤;得让人瞧着你像一朵纯洁的花,可你实际上是一条藏在花底下的毒蛇。我们一定要好好款待这位贵客,今晚的大事都交我来办,此事一经得手,我们即可在以后所有的日日夜夜,君临天下,尽享王权的统治。"

至此,麦夫人的魔鬼本色已浮出水面。接下来,夫妻"斗嘴"一场戏,迎来了全剧的第一个高潮,也是剧情的转折点。

虽然有超自然的三女巫的预言在先,有魔鬼附体的夫人的力量在后,麦克白为实现自己当国王的野心,杀了邓肯,却似乎始终有一把幽灵之剑悬在半空,随时要他的命。其实,这就是杀死邪恶心魔的正义之剑。因此,杀了邓肯、满脑子幻觉的麦克白,再次成为夫人眼里的软骨头:"你高贵的力量泄了劲儿,怎么满脑子净是这些胡思乱想的怪念头——去弄点儿水,把手上的血污洗干净。两把剑你怎么都拿这儿来了?千万要放回原处:把剑搁回去,给那两个酣睡的侍卫涂上血。"

此时的麦克白已没有力量回到杀人现场:"说什么我也不去了。一想我干的事都怕:更不敢再去看。"

这哪儿是大丈夫,分明是个孩子嘛。麦夫人一边嘲笑,一边亲自动手:"意志不坚定!给我剑。(拿剑)睡着的人和死人都不过像画一样:只有小孩儿的眼睛才怕看画里的魔鬼。要是他还流血,我就把血在那两个侍卫脸上镀一层金,我必须要让人们目睹他们的罪恶。"

罪恶可以像把血涂在侍卫脸上一样掩饰过去,这正是魔鬼的做法,毫无道德,毫无良知。显然,剧情发展到这里,始终都是魔鬼的巨大力量硬撑着麦夫人作为女人的强大神经。但同时,这根神经也正在接近崩断的临界点。点燃这个临界点的引信,是麦夫人手上的血污。她并没有亲手杀人,她只是返回谋杀现场,为制造假象,给两个侍卫的脸上涂了血。回到麦克白面前,她还神闲气定地说:"我这双手已跟你的颜色一样了,可我却羞于有一颗像你那样毫无血色的心——(内敲门声)我听见有敲门的声音。我们回房吧。用一点儿水就能把这事儿洗清:如此轻而易举!你的坚定已把你抛弃——(内敲门声)听!又敲了。穿上睡衣,免得有人找我们,会看出我们还没睡——别这么像丢了魂似的有气无力。"

　　麦克德夫敲门的时候,麦夫人依然魔性十足,魔力不减,以至于当钟声响起,她来到麦克德夫面前,假装惊恐,明知故问:"出什么事了,非要吹响这可怕的世界末日的号角,把整个城堡的人都叫醒? 说呀,说呀!"善良正直的麦克德夫抑制住满腔愤怒,反来安慰麦夫人:"啊,温柔的夫人,我不能跟你细说:这话一旦传进女人的耳朵,就会变成谋杀的凶器。"稍后,刚听麦克白说完自己是出于对邓肯的"忠爱之心",才"愤激之下,一时冲动",杀了两个侍卫,她便假装晕倒。

　　麦夫人的魔鬼表演骗了所有人!但长期以来,一直有莎学家以为,麦夫人的晕倒不是装的,而是真晕,因为麦克德夫的那句对麦克白的质问——"你为什么要杀他们?"击中了她的神经。千算万算,麦克德夫心生疑问,还是超出了她事先自认完美无缺的算计。一时惊慌,她吓晕了。如此说来,这就成了一种暗示,暗示麦夫人所具有的男人意志力绝非坚如磐石不可摧,同时,也是在为第五幕的梦游一场戏做铺垫, 即麦夫人神经错乱的病根已被麦克德夫种下了。再引申说,是麦克德夫所代表的正义力量,最终迫使麦夫人身患梦游;又是同样的力量,最终使麦克德夫杀死了麦克白。

　　麦克白如愿当上国王, 麦夫人摇身成为王后, 但因心有挂碍,两人谁也轻松不起来。麦夫人有的是魔性,不意味着自己就是魔鬼,在人性层面,她懂得"费尽满腹心机,到如今一无所获,/若欲望已满足,却并不心安理得:/ 好比害人者身陷令人惊恐的欢乐,/ 还真不如被害之人那样稳妥安详。"因此,她见丈夫整日"孤零零独自一人",劝他"难道那些念头还不该随同往事一起死去？无法补救的事，别再念念不忘；过去的事做了也就做了"。同时，还要恳求她"高贵的丈夫""不仅要掩饰住满脸的愁容；今晚还得心情愉快、神清气爽地招待宾客"。

这一刻，麦夫人似乎又回归成一个女人、一个妻子。也是在这一刻，麦克白转变为一个男人、一个丈夫。莎士比亚的这一戏剧处理得十分精妙。

麦克白未将已派人暗杀班柯的事告知夫人，他只是对她说："亲爱的妻子，我脑子里爬满了蝎子！你知道，班柯和弗里安斯还活着。"夫人自然明白丈夫的心病所在，极力劝慰："他们的生命契约又不是永恒的。"这句话让麦克白像吃了定心丸一样满心欢喜，因为麦克白由此豁然开朗，原来班柯的命并非神圣不可侵犯。麦克白又孩子似的称呼夫人"最亲爱的宝贝儿"，随后表示"事成之后，你自然会拍手称快"。麦克白有一种要独自干成一件漂亮事之后，向夫人摆功、炫耀的心理。邪恶似乎也露出可爱的笑脸。

然而，暗杀失手，班柯虽死，弗里安斯却侥幸逃脱，这样，三女巫的预言再次成了变数，而这变数又叫麦克白心病复发。王宫大厅的晚宴刚开场不久，麦克白已开始失态。麦夫人只好赶来救场，先是从容不迫地请丈夫给客人"敬酒助兴"；当麦克白被班柯的幽灵吓得惊叫，她又向客人们耐心解释："尊贵的朋友们，坐下来——这是我丈夫年轻时落下的毛病，经常这样。请各位安心就座。发病只是一阵儿，过一会儿很快就好。假如你们太注意他，反而会惊扰他，令他激怒不已、狂躁不安；接着用餐，不用管他。"随即，像对孩子似的训斥丈夫："你是条汉子吗？"男人的虚荣令麦克白不肯服输,坚称自己是"一条血性汉子,连魔鬼看了心惊胆寒的东西,我都敢盯着它目不斜视"。

闻听此言,麦夫人对丈夫好一顿奚落,嘲笑道:"好一派胡言乱语!这就是你用恐惧画出来的想象:这就是你所说的引你去杀邓肯的、空中出鞘的那把剑。啊,这突然暴发的情绪冲动,不过是拿真恐惧骗人的玩意儿,跟一个主妇在冬日炉火旁,讲述打她老祖母那儿传下来的故事倒十分相称。丢人现眼!你为什么要做这种鬼脸?说到底,你瞅见的只是一把椅子。"

可是,班柯的幽灵迅速击垮了麦克白脆弱的神经,他刚一开口说敬酒词,便在幻觉中看见班柯的幽灵再次坐在自己的国王宝座上。他崩溃了!这时,麦夫人对这位大丈夫已毫无信心,极度失望,连声慨叹:"太愚蠢了,你的男子汉气概呢?""不知羞耻。""你以令人惊异的癫狂,扫了所有人的兴,如此盛宴就这样被你糟蹋了。"

麦克白被班柯的幽灵"吓得满脸煞白",麦夫人却依然清醒。当罗斯上前询问麦克白到底看见了什么,麦夫人唯恐事情败露,赶紧抢话:"请你别再问了;他的病越来越厉害,一问反而会激怒他。"如此,当机立断,立刻宣布:"就此散席,晚安:离席先后不必拘泥爵位品级高低,立刻散了吧。"

在此,麦夫人作为"伟大的坏女人"所表现出来的豪杰气魄,明显压倒了麦克白的男子汉气概。

宾客散尽,暂时恢复平静的麦克白,向夫人说打算次日一早去找三女巫,"非要用这最邪恶的办法,从她们嘴里知道我最惨的结局不可。"麦夫人显得漠不关心,淡淡地说:"你整个身心都缺乏调剂,睡觉吧。"

麦夫人身上附着的魔鬼的力量,到这个时候已耗尽,与此同时,命运毁灭的灾难开始降临。待第五幕第一场她再一出场,已是一个极度抑郁的梦游症患者。

莎学家们普遍认为,梦游这场戏是莎士比亚"最伟大的创造之一"。换言之,让麦夫人梦游,是莎士比亚的原创,而不是从哪儿"借来的"。它的戏剧力异常强大,甚至麦夫人的梦游独白:"去,该死的血污。"(Out, Damned spot!)早已成为许多说英语的人十分熟悉的一个短语。

梦游中的麦夫人,幻觉自己手上有洗不净的邓肯的血污,"谁能想到,这老头儿会流那么多的血"。她的这种心绪正应了随后安格斯在征讨麦克白时说的话:"他现在感到阴谋暗杀的血污紧紧沾在手上。"

她一边反复搓手,一边不安地念叨:"费辅伯爵曾有过一个妻子:她现在何处?——怎么,这两只手再也洗不干净吗?——别那样了,我的丈夫,别那样:你这神经过敏的一乍呼,把一切都搞砸了。""这儿还有血腥味儿。怎么所有阿拉伯的香料连这一只小手都熏不香。啊!啊!啊!""把你的手洗净,穿上睡衣,别脸色这么苍白。——我再跟你说一遍,班柯已经下葬,他不能从坟墓里冒出来。""上床,上床;有人敲门:来,来,来,来,把手给我:干了就干了。上床,上床。"

这里蕴含着两层暗示:第一层,麦克白派人暗杀班柯、血洗麦克德夫城堡之事,麦夫人事先均一无所知。杀班柯,是麦克白想独自把三女巫的第一次预言做个了断,给夫人一个惊喜,分享铲除后患的胜利果实；而杀麦克德夫妻儿老小，则更多的是麦克白为了保自己的命，因为三女巫要他"当心麦克德夫；当心费辅伯爵"。这时，他再也顾不上夫人。夫人使他成为谋害邓肯的凶手，麦克德夫则把他变成一个暴君。夫人感到了从未有过的害怕。更叫她担惊受怕、夜不成眠、梦里游走的致命因素，在第二层，当她预感到联军一旦获胜，将麦克白王国推翻，她的下场会落得跟"费辅伯爵曾有过"的那个妻子一样。这样一想，谋杀之夜再现眼前，旧的可怕血污挥之不去，同时，新的血污即将来临，她预先看见了死神。

就这样，麦克白夫人死了！

听到夫人的死讯，麦克白显得十分淡定，一点也不惊讶："不定哪一天，她势必会死。"但倏忽间，麦克白从她的死感到了人的生命过程徒劳无益，不过是在等着耗尽光阴的最后一秒钟，慨叹："人生不过一个行走的影子，一个可怜巴巴的演员，他把岁月全花在舞台上装模作样、焦躁不安地蹿来跳去，一转眼便销声匿迹。"

《麦克白》的确写得急促、草率了一些，撇开麦克白夫妇的恶毒是否具有十足的戏剧味道，仅就戏剧结构来说，实在有点儿头重脚轻。

对莎士比亚的人文、宗教思想影响至深的马丁·路德（Martin Luther，1483—1546）指出："恶毒到迷醉于他人的终日饥渴、痛苦和不足之中，以他人的不幸为乐，以犯下杀戮与背叛的罪恶、尤其以杀戮那些对任何人都毫无伤害的无辜生命为乐，这便是邪恶的魔鬼最极端的暴怒。人类无论如何也不能这样。"

这或许是莎士比亚编剧《麦克白》的重要初衷，在讨好写了《恶魔学》专著的国王之外，要把麦克白夫妇刻画成一对邪恶的魔鬼夫妻，他俩合谋以"魔鬼最极端的暴怒"杀死了贤明善良的邓肯、忠诚正直的班柯、柔弱无辜的麦克德夫的妻儿老小，"犯下杀戮与背叛的罪恶"。换言之，邪恶的毒剑谋害了善良；正义的利刃复仇杀死了魔鬼。《麦克白》"遗传"了国王的"恶魔学"和马丁·路德"恶魔说"的双重基因。

诚然，莎士比亚要把人性中欲望的魔鬼画皮揭下来，他刻画的是人的魔性，不是魔鬼的人性。剧情中有两处细节透出了这一层含义：第一处，欲望驱动着麦克白夫人要坚定杀邓肯的意志，她向呱呱叫的乌鸦发出祈求："来吧，你们这几个激起杀机的魔鬼！解除我身上女性的柔弱，让我从头顶到脚指尖儿都充满最恶毒的凶残！"在此，不向上帝祷告的麦夫人，不啻是一个笃信魔鬼的恶妇、妖婆，宁愿把亲生的哺乳婴儿摔出脑浆子，一丝一毫的人性荡然无存；第二处，她自我辩白为何没亲手杀邓肯，"若不是看他睡觉的样子活像我父亲，我早就自己动手了"。虽说这种感觉转瞬即逝，不过，她到底是因见到熟睡的国王像亲生父亲，而没有痛下杀手。这说明，麦夫人毕竟只是一个恶魔般的女人，人性好歹还残存着那么一点点。也正是这一点点人性，使她备受折磨，让她身患梦游，不治而亡。真正的魔鬼不会得梦游症！

最后，稍微回顾一下麦克白与三女巫的两次会面。第一次，麦克白是"被动"路遇女巫，之后，夫妻同心，谋杀得手，麦克白成为"未来的国王"；第二次，麦克白是"主动"去找三女巫，之后，夫妻离德，麦克白把夫人甩到一边，单打独斗，变本加厉地杀戮，成为一个嗜杀成性的魔鬼,终至被麦克德夫砍了头。

显然, 对于三女巫与麦克白的两次会面都是主动的刻意安排,是麦克白想逃都逃不了的。这意在暗示,魔鬼一旦瞅准时机,主动找上门来,人类该怎么办? 抵御魔鬼的诱惑,是《圣经》最重要的母题之一。同时, 这也是莎士比亚四大悲剧共有的主题之一,即人类一旦变成魔鬼,世界亦将变成鬼域。

欲望致死的麦克白!

邪恶致死的麦克白夫人!

天长地久,莎翁不朽!

(傅光明)